紅樓一家言

史筆文心系列

新校版

高陽

目次

曹雪芹對《紅樓夢》的最後構想

1

自從胡適之先生發表〈紅樓夢考證〉以後，三十年來「紅學」的內容，一直是史學的重於文學的。特別是後四十回作者之謎，以及相應並起的曹雪芹家世的問題，成為「紅學」的中心。後四十回的作者，原來有兩說，一是仍為曹雪芹原著；一是高鶚續作。現在又有第三說，那是趙岡先生的主張，認為可能曹雪芹後四十回的原稿中，關於抄家的描寫，有不便為清高宗所見的「礙語」，乃由另一滿人，刪削進呈；目前所流傳的百二十回本，即是此改寫的稿本。考據憑證據說話，看來好像很客觀，但對於證據的取捨，常易在不知不覺間流於主觀。換句話說，就是各自援用有利於己的證據以支持其觀點，形成「此亦一是非，彼亦一是非」的現象，如果不是綜合比較，無從判斷彼此的得失。

今年年初得有一個機會聽適之先生暢談《紅樓夢》和曹雪芹。他很謙虛地說他的成就，「只是掃除障礙的工作」。這句話給了我很大的一個啟示，適之先生這話的意思，很明白地表示出來，做《紅樓夢》的考據，只是研究《紅樓夢》的必須準備工作，而非研究的本身；因為《紅樓夢》到底是一部文學名著，不是一部史書。就算把《紅樓夢》後四十回的作者，以及曹雪芹的家世考證得明明白白，毫無疑義，對於《紅樓夢》在文學上的價值，好在何處，壞在那裡？這些文學研究上最主要的課題，仍舊沒有說出一個所以然來。

對於《紅樓夢》的後四十回，若以文學的觀點來看，我認為所當注意者，有下列幾個問題：

一、後四十回比前八十回寫得如何？

二、照前八十回看，後四十回的情節應該如何發展才合理？

三、假使說，後四十回不是曹雪芹原著，或雖出於曹雪芹之手，而非定稿，那麼曹雪芹原來對後四十回的情節的構想，到底如何？

以上三個問題，我想試著來解答最後一個。我以為我找到了一把鑰匙，這把鑰匙是曹雪芹自己留給我們的。而且不必外求，就在原書第五回裡面。

2

《紅樓夢》第五回：「賈寶玉神遊太虛境，警幻仙曲演紅樓夢。」這一回中最主要的內容，是「金陵十二釵正冊」和「新製紅樓夢（曲）十二支」。「金陵十二釵正冊」，實際只有十一幅圖，黛玉寶釵合一幅，以下依序是元春、探春、湘雲、妙玉、迎春、惜春、鳳姐、巧姐、李紈、可卿。這裡就發生一個疑問：「金陵十二釵正冊」中，他人皆是一人佔一幅，何以黛玉、寶釵合一幅？

《紅樓夢》曲子十二支，加上引子及尾聲（飛鳥各投林）共為十四支。照曲文內容看，是用寶玉的口吻，追憶往事，發為嘆息，猶如現代小說的所謂「第一人稱」的寫法。曲子正文十二支，是描寫金陵十二釵的品貌遭遇，但這裡又發生了變格，第一支〈終身誤〉，非單寫黛玉，亦非單寫寶釵，而是既寫黛，又寫釵；第二支〈枉凝眉〉也是如此。以下自〈恨無常〉到〈好事終〉，自元春寫到可卿，次序與「冊子」第二幅至第十一幅同。

釵、黛二人這種特殊的安排，若是僅見於「冊」或「曲」，已非偶然，而竟一見於「冊」，再見於「曲」，豈不值得寄以密切的注意？

其次，大觀園中，國色天香，豔絕人寰，曹雪芹以何標準選定此十二人為正釵？論行輩，巧姐不當插入；論關係，何與妙玉方外之人；論才貌，寶琴難道不夠格？

復次，此十二釵排列的次序，「冊」與「曲」皆同，可見不是沒有原則的；那麼此原則為何？論行輩，論年齡，論以寶玉為基準的親疏關係，無一處可以說得通。

以我的「頓悟」，金陵十二釵應分為六組，每一組中顯示一個強烈對比。茲就曲名簡述其對比的意義如下：

第一組（變格）

終身誤　黛玉寶釵（或寶釵黛玉）。

枉凝眉　仝右。

解：另述。

第二組

恨無常　元春。

分骨肉　探春。

解：元春不壽，探春遠嫁，此以「死別」「生離」作對比。

第三組

樂中悲　湘雲。

世難容　妙玉。

解：另述。

第四組

喜冤家　迎春。

虛花悟　惜春。

解：迎春出嫁，惜春出家（可憐繡戶侯門女，獨臥青燈古佛旁）；嫁而早死，所以不如不嫁求長生（西方寶樹喚婆娑，上結著長生）。

第五組

聰明累　鳳姐。

留餘慶　巧姐。

解：鳳姐翻雲覆雨，極有作為；巧姐隨人擺布，太無作為；母女倆的性格和遭際，以劉姥姥貫串其間，強弱因果，對比極為明顯。

第六組

晚韶華　李紈。

好事終　可卿。

解：李紈守節，可卿淫亂；守節者晚境彌甘、淫亂者早喪。秦可卿諧音為「情可輕」，以此一組殿後，可以看出作者勸善懲淫的主旨所在。

以上所未解者，是第一組和第三組，正為寶玉情感上的大問題。而主要關鍵則在第三組。

第三組對比的雙方是湘雲和妙玉。所比的是雙方對寶玉的關係。妙玉是方外之人，而且非親非故，論表面的關係，在十二釵中跟寶玉最疏遠；因此對比的另一方，應該是跟寶玉關係最密切的人，這當然非肌膚之親的妻子不可。

寶玉跟妙玉的情感極為微妙，從櫳翠庵品茶及乞紅梅這兩件韻事中，可以看出端倪，祇是「檻內」「檻外」，萬無結成連理之理；而湘雲雖有「因麒麟伏白首雙星」這一回的伏線，可是寶玉未來的妻子，不是「金玉良緣」，就是「木石前盟」，包括寶玉自己在內，沒有誰會想到湘雲身上去，誰知最後偏偏成為夫婦；就性格而言，妙玉孤僻矯情，落落寡合，湘雲則爽朗隨和，最得人緣，這個對比之妙，就在無一處不反，在相互映襯之下，雙方都更顯得突出。

寶玉的妻子是湘雲，第三組的對比是正面的證據；而第一組則是一個有力的旁證。

3

程本《紅樓夢》說寶玉的妻子是寶釵，但曹雪芹最後的構想並非如此。這在「曲」中一看就可以知道的，為了讀者的方便，我把第一組〈終身誤〉〈枉凝眉〉兩支曲子的原文抄在下面：

終身誤

都道金玉良緣，俺只念木石前盟。空對著山中高士晶瑩雪，終不忘世外仙姝寂寞林。

嘆人間，美中不足今方信，縱然是舉案齊眉，到底意難平！

枉凝眉

一個是閬苑仙葩，一個是美玉無瑕。若說沒奇緣，今生偏又遇著他；若說有奇緣，如何心事終虛話？一個枉自嗟呀，一個空勞牽掛；一個是水中月，一個是鏡中花。想眼中能有多少淚珠兒，怎禁得秋流到冬，春流到夏？

〈終身誤〉第三句，「空對著山中高士晶瑩雪（薛）」的「空」字，不是輕易可下，如果「寶姐姐」變了「寶二奶奶」，那麼日侍妝臺，眼皮兒供養，心坎兒溫存，還有什麼「空對」之可嘆？下面「舉案齊眉」，非指寶釵而是指湘雲，〈樂中悲〉一曲中，有「廝配得才貌仙郎，博得個地久天長」的話，可以證明寶玉、湘雲夫婦，感情極好，否則「雲散高唐，水涸湘江」，就不成其為「『樂』中悲」

了。

在〈枉凝眉〉中，說得更明白：「一個枉自嗟呀，一個空勞牽掛；一個是水中月，一個是鏡中花」，連著這四個「一個」，不但明指黛玉寶釵在寶玉都是「鏡花」「水月」，而且也可看出，寶玉雖只念著「木石前盟」，但另一方面又深深地愛慕著寶釵（這並不構成為矛盾，因為寶玉本是個「汎愛主義」者），所以良緣不諧的原因，絕非寶玉不願，而是寶釵不肯。

寶釵為什麼不肯呢？要回答這個問題，我們先得研究曹雪芹最後所確定的寶釵，是何等樣人？

我前面說過，曹雪芹把十二釵分為六組以顯示其對比，第一組雖為變格，但黛釵兩人，仍是一個對比，看燕瘦環肥的兩種體型，就再明顯不過。其次是性格，一個「愛使小性子」，口角犀利得近乎刻薄；一個是寬宏大量，溫柔敦厚，從不願予人以難堪的。所以金陵十二釵正冊第一幅，劈頭就說：「可嘆停機德」，接下來寫黛玉：「誰憐詠絮才」，這一德一才，就是曹雪芹在刻劃釵黛兩人時，緊緊抓住的大原則。

在〈終身誤〉、〈枉凝眉〉兩支曲子中，曹雪芹寫寶釵之德，更有具體的比喻，其一是「山中高士晶瑩雪」；其二是「美玉無瑕」，擬之為高士、白雪、美玉，可以想見曹雪芹最後想像中的寶釵，其志行的高潔，人格的完美為如何？像這樣的人，不但絕不會做出讓人輕視的事，而且也絕不會起什麼骯髒心眼兒，否則就不足以符高士美玉之稱了。

在前八十回中，曹雪芹以獅子搏兔之力寫黛玉之才，同時他也用了同樣的力量去寫寶釵之德，而效果適得其反，這都是寫在第九十七回「林黛玉焚稿斷癡情，薛寶釵出閨成大禮」這一回上面。現在我們撇開後四十回不談，僅就八十回以前而論，只看到一個心地純厚，見識高超，處處容忍退讓，事事為人設想的寶釵。那裡有一點兒奸相？

最要緊的是，人人「都道金玉良緣」，寶釵卻從未重視過這一點，也就是說，寶釵並不太看重於成為「寶二奶奶」。第二十八回「薛寶釵羞籠紅麝串」，有一段說：

寶釵因往日母親對王夫人曾提過，金鎖是個和尚給的，等日後有玉的，方可結為婚姻等語，所以總遠著寶玉；昨日見元春所賜的東西獨她與寶玉一樣，心裡越發沒意思起來。幸虧寶玉被一個黛玉纏綿住了，心心念念惦記著黛玉，並不理論這事。

這是一個潔身自好唯恐惹上嫌疑的人的心理。如說寶釵屬意於寶玉，那麼「總遠著」、「越發沒意思」、「幸虧」等等，都得改用相反的字眼，成為這個樣子：

> 寶釵因往日母親對王夫人曾提過，金鎖是個和尚給的，等日後有玉的，方可結為婚姻等語，所以「總是有意無意親近著」寶玉；昨日見元春所賜的東西獨她與寶玉一樣，心裡越發「暗喜」。「無奈」寶玉被一個黛玉纏綿住了，心心念念只惦記黛玉，並不理論這事。

寶釵不太看重「金玉良緣」，則寶釵以黛玉為情敵的看法，即不能成立。在前八十回中，曹雪芹寫釵黛之間，是有極深的友誼的，第四十二回寶釵勸黛玉少看「雜書」，黛玉「心下暗服」；第四十五回，寶釵探病，黛玉說了這樣一段話：

黛玉嘆道：「你素日待人，固然是極好的；然我最是個多心的人，只當你有心藏奸，從前你說看雜書不好，又勸我那些好話，竟大感激你。往日竟是我錯了，實在誤到如今。細細算來，我母親去世的時候，又無姐妹兄弟；我長了今年十五歲，竟沒一個像你前日的話教導我，怪不得雲丫頭說你好；我往日見她讚你，我還不受用，昨兒我親自經過，纔知道了。比如你說了那個，我再不輕放過你的，你竟不介意，反勸我那些話，可知我竟自誤了。……」

以黛玉的心高氣傲，從不服輸而竟能如此傾心，此正所以表現寶釵以德服人的力量。曹雪芹把這一回題為「金蘭契互剖金蘭語」，「金蘭」是描寫友情的一個等級很高的形容詞，這是更從正面強調了「二人同心」。朋友由誤會中產生真誠的諒解，是非常難得的境界，若還以為釵黛兩人中間有嫌隙，那真辜負了曹雪芹立意的苦心。

寶釵勸黛玉少看「雜書」的那第四十二回，題為：「蘅蕪君蘭言解疑癖，瀟湘子雅謔補餘音」，我認為這蘭言的「蘭」，與金蘭的「蘭」，其中另有深意，因為蘭言的「蘭」，對不上雅謔的「雅」，要講對仗之工，用「良言」、「忠言」、「諍言」都比「蘭言」來得好。其所以下「蘭」字者，可能也是用來象徵寶釵的品格。

如果這一假設可以成立，那麼寶釵的氣質，即由這三種高貴的成分所合成：白雪的純潔；美玉的堅貞；幽蘭的靜穆。擬之為「高士」，十分恰當。不過高士雖然迥異流俗，卻多少有硜硜自守，求個人人格完美的傾向，他的道德觀，跟「我不入地獄誰入地獄」的大宗教的看法不同。所以，若要期望寶釵超出理智的考慮以外，為了情感上的原因，作任何重大犧牲，也是不可能的。

以這樣的性格的寶釵，如果有人想促成「金玉良緣」的具體實現，必然為她所拒絕。因為她一定會這樣想：

一、對黛玉有奪愛之嫌，有負知友。

二、縱然過去本心無他，只要一嫁寶玉，那麼以前種種待人的好處，都變成了故博賢慧之名，籠絡人心的手段，坐實了「藏奸」二字，跳到黃河都洗不清的。

三、在寶玉心目中，黛玉第一；娶不到黛玉娶寶釵，豈不應了「不得已而求其次」這句話？只要她無意於寶玉，寶玉在心裡面把她擺在那一個位置，都沒有關係；一成了「寶二奶奶」，自然而然也就成了黛玉的候補者，身分降低一等，這是最傷自尊心的。照書裡面看，寶釵亦未嘗不以大觀園中第一流人物自居，而第一流人物，往往對自己在另一第一流人物眼中的評價，是最著重的，所以寶釵縱或不恤人言，也絕不肯為黛玉所恥笑。

寫到這裡，我可以來回答金陵十二釵正冊中，何以黛、釵合刊一幅的問題了。曹雪芹的用意是想寫一個完美的女性的兩個半個，而這兩個半個是為了寫一句話：「紅顏薄命」；或者說只寫了一個字：「情」。

既然稱兩個半個，當然是對等的，但是這不比畫一個圓圈，中間再畫一道直線那麼簡單。為了要求銖兩相稱，曹雪芹所費的苦心，可以從「冊子」上那首詩看出來：

可嘆停機德！誰憐詠絮才？

頭兩句是釵前黛後，如果三、四兩句依然如此，那就確定了地位的高下，所以倒過來變成黛前釵後：

玉帶林中掛，金釵雪裡埋。

在〈終身誤〉、〈枉凝眉〉兩支曲子中的描寫，也都力求對稱，以示無所偏頗。所以紅樓夢的讀者，可以像寶玉一樣，把黛玉列為第一，或者像湘雲一樣，說寶釵好；但請勿說黛玉比寶釵好，或者寶釵比黛玉好，那樣比法，是違反曹雪芹的本意的。

關於寶釵的拒婚，曹雪芹還另外在「又副冊」寫了一個人，來反襯她的高潔。那就是襲人，襲人被目為寶釵的影子，其實貌合神離，試看她：「初試雲雨」以後，即隱隱然以寶玉未來的侍妾自居，及至寶玉出家，懷著必死的心腸上車回家，卻又不死；不死為的是怕「害了哥哥」倒也罷了；但一夜過後，終於死心塌地。心地不夠光明，意志不夠堅定，生性難耐寂寞，跟寶釵純潔、堅貞、靜穆的高貴氣質一比，自然只有用一床「破蓆」來形容其下賤了。

我以上種種分析，在推斷曹雪芹最後構想的內容。至於這個構想的評價，那是另一件事，也就是真正紅樓夢研究所要做的工作。照我初步的見解，認為這個構想，在意境上比現在後四十回的寫法，高出不知多少？現在的寶釵，最後成了庸脂俗粉，其失敗正跟十三妹嫁安公子一樣，一無意味可言。

5

金陵十二釵中，除釵、黛以外，其他人物的結局，依「冊」「曲」來看，構想比現在後四十回中所寫的，要完備得多，如元春死後曾托夢；迎春嫁後一年，被虐待致死；賈蘭做了武官等等，可說是大同小異。其全然不同者，一是湘雲嫁寶玉後，不久即死；一是鳳姐的下場，那就是有名的那個「一從二令三人木」之謎。

關於這個謎，嚴明先生曾寫了一篇專文刊在《自由中國》第廿二卷第二期上面。嚴先生把「一從二令三人木」七字，用測字法加減，所得謎底是「上下眾人冷，夫休！」嚴先生指出鳳姐「七出之條」全犯，推斷「被休」出於邢夫人的主張云云。在全篇文字中，我只能同意嚴先生一點，那也就是俞平伯氏所猜出來的一點，「人木」確指「休」字。

那麼「一從二令三休」，這俞平伯、林語堂二氏都認為無從解釋的六個字，到底意何所指？

首先我得說：《紅樓夢》不是推背圖，曹雪芹絕無理由做個謎讓後人來傷腦筋。所以以猜謎的方式來解釋這六個字，入手便錯。誠然，「人木」二字是拆字格，但這不過是要湊成七個字的一句詩，並無深意。

我的看法很簡單，「一從二令三休」，是概括賈璉鳳姐夫婦關係的三個階段：

一從——出嫁「從」夫。

二令——閫「令」森嚴。

三休——「休」回娘家。

第一階段出嫁「從」夫，以彼時的倫理觀念，理所當然；第二階段，閫「令」森嚴，賈璉處處受鳳姐的壓制，前八十回中已寫得淋漓盡致；第三階段鳳姐被「休」回娘家，是曹雪芹在後四十回中的構想。這個構想好極了，完全符合小說的要求。

「可殺不可辱」不獨以「士」為然，凡是心高氣傲的人，到勢窮力蹙之境，莫不希望如此。要打擊一個人，最狠毒的方法是打擊他的自尊心，讓他活著抬不起頭來，死了無人注意。希特勒的謎到現在還有人感興趣，納粹黨徒至今還在活動；而墨索里尼從未有人提起，褐衫黨亦已成為歷史的名詞，其原因就在希特勒雖死未辱。同樣地，明思宗和建文帝在後人的心目中，不同於李後主和宋徽宗，亦就是殺與辱的不同。

舊時婦女，特別是縉紳之家的命婦，如說被休回娘家，那可真成了「頭條社會新聞」，閤族都會感到奇恥大辱。讀者試想，爭強好勝，目中無人的鳳姐，一旦為平日俯首聽「令」的丈夫所「休」，那在她真是生不如死，所謂「哭向金陵事『更』哀」是說哭著被休回娘家，其事比死更為可哀。這個「更」字，用得好極。

那麼鳳姐被休的經過如何呢？我根據「冊」「曲」中的圖意，前八十回的線索，以及人物的性格，試述曹雪芹原來的構想如下：

環境：

鳳姐的「冊子」中，是「一片冰山，山上有一隻雌鳳」，嚴明先生解為「示『眾冷』之意」；我的看法很簡單，是暗示「冰山一倒，立足無地」。鳳姐的冰山，一是賈母，二是王子騰。賈母壽終，王子騰病死「十里屯」，就是鳳姐的冰山倒了。同時家勢衰敗，鳳姐已無用武之地，全家上下，亦就不必再對她有所畏懼。此時環境大不利於鳳姐。

主動者：

賈璉。

動機及目的：

一、久受壓制，出於報復的心理。二、謀財。休了鳳姐，即可接收鳳姐的財產。賈璉久已覬覦鳳姐的私房；鳳姐放高利貸等等亦唯恐賈璉知道，這些在前八十回中有很明顯的描寫，請讀者覆按。三、貪色。「砸碎了」醋罐子，才可以暢所欲為。

罪狀：

一定是「淫佚」。七出之條，「無子」、「不事舅姑」、「口舌」、「妒嫉」、「惡疾」等五項，都有申辯的餘地，只有「竊盜」、「淫佚」兩項最具體。鳳姐當然不至於偷別人的東西，即有其事，說聲「我是鬧著玩的」，誰還真追究不成？但如從她床上捉出一個情夫來，可不能說「我是鬧著玩的」。而且以鳳姐的手腕口才，除非「捉奸捉雙」方可把她打倒，否則還有被反噬的危險。

其他：

在情節上，還可以安排鳳姐在旅途中懸梁自盡。這一點構想，不能「必其有」，只是我從「聰明累」那支曲子中，感到有一種三更上弔，臨死懺悔的氣氛。我認為這一安排，也還不壞。在鳳姐起意自殺以前，可以給她一些重大的刺激，譬如讓為她「弄權」受害的人，聞訊趕來，大大地羞辱她一頓；另一方面，第一百十三回「懺宿冤鳳姐托村嫗」的情節，大致可以移用到這裡，由劉姥姥趕至旅次話別，引起鳳姐托女的念頭。由刺激引起自殺的動機，以托女消除自殺的顧慮（鳳姐自殺以前唯一割捨不下的，只有巧姐），恩怨已了，然後才得以自求解脫。這樣交代了梟雄式的鳳姐，在效果上，至少氣勢不弱。

照以上的構想，其中唯一需要斟酌的是，平兒的態度。平兒、豐兒，喻為鳳姐的「屏風」，賈璉如不能得到平兒的合作，無法破獲鳳姐的奸情。以平兒的性格，公然背叛鳳姐，能不能是一個問題，肯不肯又是一個問題。不過幸好，曹雪芹在前八十回中已留下了很好的伏線，以第二十一回「俏平兒軟語救賈璉」及第四十四回「變生不測鳳姐潑醋」這兩回來看，可知平兒對鳳姐，也有著難以消弭的矛盾，傾向於賈璉這方面的成分居多。所以在那時對於鳳姐，背叛或許不敢，告賈璉的密則斷乎不至於。在賈璉的計畫中，她可能表面上不肯參與，暗地裡所持的，則如晉朝王敦內犯時，王導所採取的「默成」的態度。

6

前面我說過，曹雪芹這個「一從二令三休」的構想好極了，完全符合小說的要求。現在我解釋我的看法。

這得先簡單談一談《紅樓夢》的主題。它可用「色即是空」四字來概括。但是曹雪芹有名士癖氣，玩世逃世或許有之，出世則未必；他的「色即是空」的觀念，實際上恐怕還是由滄桑之感蛻變出來的，所以並未真正看破紅塵。相反地，我認為他極嚮往於他兒時所見的繁華景象，在刻意渲染朱門繡戶、錦衣玉食的生活中，求取心理上的虛幻的滿足。愈嚮往於過去，則愈覺得現實之難以接受。因為敗落得太快、太慘，在觀念上舊時繁華與今日貧困兩種真實的疊合，因而產生如夢似幻的感覺。這就是曹雪芹創作時的心理狀態。

這一心理狀態是很矛盾的，他一面未能忘情於富貴榮華，一面又覺得富貴榮華靠不住。試想，曹家三世襲職，四次接駕，明為織造，實際則是皇帝直接指揮的心腹。有這樣深厚的基礎，堅強的奧援的人家，就一般的情況來說無論如何不是在短時期內所敗得了的；而居然於一夕之間，「家亡人散各奔騰」！如此說來，世上萬事都不可靠，包括皇帝的寵信在內。他在書中雖未明指「天威不可測」，但第十三回可卿托夢，以及構想中要寫的元春托夢，囑咐「退步」要早；可以看出他的深意。在實際生活中，曹雪芹不事生產，我疑心他也是受了萬事靠不住的想法的支配，那就不如看開一點，得過且過算了。

由以上推論及前八十回書中所見，可知「變幻不測」是曹雪芹在《紅樓夢》中所極力強調的。因此，一切情節的發展，只要在情理上說得通，變化越大越好。「一從二令三休」，具有雙重的曲折，由「令」而「休」，更像把一個人拉到山頂再推入深淵，變化幅度之大，足以滿足主題的要求；而在技巧上，則是掀起一個戲劇性的大高潮。豈不是「完全符合小說的要求」？

7

我所研究出來的曹雪芹的最後構想的內容，大致如上述。

我相信讀者一定會問：你憑什麼說那是曹雪芹的最後構想？以下是我的回答：

一、第五回所寫的「冊」「曲」，無疑地，應當作全書結構的「預告」看。

二、這「預告」是在「披閱十載，增刪五次」以後才出現的。曹雪芹也許還有第六個、第七個稿本，但既未出世，則現行本八十回以前應視作定稿。

三、後四十回若是他人的續稿，自不必談；如果仍是曹雪芹原著，那麼以文字的精鍊來比較，絕非「增刪五次」的稿本。所以，最後的構想，仍應以第五回的預告為準。

如果我前面所說的一切，在原則上為讀者所同意，那麼我願意進一步來推論後四十回作者的問題。

我一向不以為高鶚是後四十回的作者，理由是：

一、後四十回的文字雖不及前八十回，但一般公認還是相當不錯的。我不認為高鶚有此能力。尤其續書比自己創作還難，因為得拋棄了自己的一切，去體會別人的風格。如果高鶚續書能夠看不出續的痕跡，那就比曹雪芹還要高明了。

二、八十回與八十一回之間，找不出有什麼不同。事實上從第五十三回「寧國府除夕祭宗祠，榮國府元宵開夜宴」以後，寫到寧、榮兩府過了全盛時期，文字就慢慢地不行了，如既有第三十七回「秋爽齋偶結海棠社」，就不必再有第七十回「林黛玉重建桃花社」；再把兩回文字作一比較，更是優劣判然。又如第七十五回，賈母所講的那個怕老婆的笑話，惡俗不堪，絕不能出之以如此身分的老太太之口；何況是兒孫滿堂的場合。所以一定說八十回以前好，八十一回以後較差，這話並不正確。

三、第三十一回「因麒麟伏白首雙星」是一大漏洞，為何不改？這一回改起來並不費事，除了另製回目以外，只要把「湘雲伸手擎在掌上，心裡不知怎麼一動？似有所感。」這三句話改掉，就一點痕跡都不留了。因此，我認為原書〈引言〉及高、程兩序，所說的都是實情，程偉元大概是個書商，而高鶚則是程偉元請來「客串的編輯，因為『傳鈔一部』，昂其值得數十金」，自然要「集活字刷印」，「急欲公諸同好」，沒有功夫來細作校正了。

照現在來看，上述第三點的理由，更為充分。因為任何人來續後四十回，必先得對前八十回痛下功夫，那就不可能不注意到第五回的「預告」。當然，續書者可能不同意曹雪芹的設計，另出新意，但那樣就得把「冊」「曲」中的文字，按己意重寫，以求統一。現在既不是全照「預告」發展，又不把「預告」改得符合結局，世上那有這樣續書的人。

至於趙岡先生所提出的見解，認為是另一「滿人」按照曹雪芹的原稿改寫，姑不論所引證據是否站得住；只就其改寫的原因而論，是為了要刪改抄家的礙語，寶玉的婚姻與鳳姐的結局，並不構成為「礙語」，何以也把它改掉？再說，「進呈」上覽，不是件開玩笑的事，如果清高宗看出前後不符，令此「滿人」「明白回話」，豈不將遭嚴譴？

後四十回既非高鶚所續，更非另一「滿人」改寫，那麼當然是曹雪芹的原著了。不過不是「增刪五次」之稿，更不是定稿。事實上恐怕永無定稿。脂批有一條：「書未成而芹逝矣。」可證。當然，這不是說初稿未成，而是指照此最後的構想，重新改寫的全書未成。

我看紅樓

刊載於《作品》第十期的〈試看紅樓夢的真面目〉，是蘇雪林先生近期內「論曹雪芹的第二篇文章」，在第一篇〈由原本紅樓夢談到偶像崇拜〉（《中國語文》七卷三期）中，蘇先生說「曹雪芹僅是個只有歪才並無實學的紈袴子」；第二篇則是想揭開《紅樓夢》的「真面目」，拿證據來支持其第一篇中的論點。

「我寫那篇文字時，原本紅樓不在手邊，僅能就李辰冬先生所引兩段文字及記憶所及一、二小例加以評騭，現在已弄到了原本，我曾預先聲明『將來若有機會，願將脂硯齋原本和高鶚改本作一較為仔細的比較』，現在這個工作可以做了。」讀到蘇文的這一段，我以為蘇先生手裡握有什麼珍貴的秘本；看到後來才知道，是書店中所能買到的，文淵出版社影印的《脂硯齋四閱古本紅樓夢》，為之爽然若失。

我要「明告」蘇先生：您所看到的那個「原本」，正確的名稱應該是「過錄乾隆庚辰秋脂硯齋四閱評本石頭記」。文淵出版社安上一個非驢非馬的「四閱古本紅樓夢」的名稱，足證其對「紅學」的常識都還欠缺。

蘇先生不能為人接受的意見的大部分，都由這個「原本」而來。因此，我必須先談一談「脂本」（原本）的概況。

所謂「脂本」是別於經高鶚輯補過的「程甲本」、「程乙本」而言。它只有八十回，在曹雪芹生前可能即已流傳；最寶貴的是上面有「脂硯」和「畸笏」等人的批語。脂硯或說是史湘雲，或說是曹雪芹自己，或說是史曹合用的筆號（詳見適之先生的考證，和林語堂先生的〈平心論高鶚〉等文）。

就最新的材料看，脂本共有五個本子，概況如下：

甲戌本

乾隆十九年甲戌，曹雪芹年卅一歲（據周汝昌考定）。是年「脂硯抄閱再評」，即「脂硯齋重評石頭記」最初定本，稱為甲戌本。

甲戌本的過錄本，為所有「脂本」中最珍貴的一本，存十六回：第一至第八回；第十三至第十六回；第二十五回至第二十八回。劉銓福舊藏，有同治二年、七年等跋。現在是胡適之先生的「寶貝」。

己卯本

乾隆二十四年己卯。是年冬夜脂硯作批，並經「四閱」。過錄己卯本，存四十回：第一至第二十回；第三十一至第四十回；第六十一至第七十回　。董康舊藏，後歸陶洙，現藏中國「文化部」。

庚辰本

乾隆二十五年庚辰。「是年秋，脂硯根據己卯本寫定」，所以又稱「庚辰定本」。此本以後，曹死以前，沒有更晚的定本，所以公認為脂本中最重要的一本。

過錄庚辰本計七十八回，內第六十四、六十七回缺。徐郙舊藏，後歸燕京大學圖書館，現歸中國北京大學圖書館。

甲辰本

乾隆四十九年甲辰。距曹雪芹之死，已二十一年。過錄甲辰本，係近年在大陸發現，現藏中國「山西文物局」，八十回完整無缺，菊月夢覺主人序，有雙行夾評，又第十九回前有總評。

據說：「甲辰本在各種過錄本中最重要，從前以為《紅樓夢》乃程、高所改，實際上甲辰本時已大有改動（不但刪改本文及回目，且把原來曲折的改為逕直，複雜的改為簡單，乾脆的變為嚕囌，北京話改為普通南方話等）……程高本的規模，大致依此。」照此說來，林語堂先生的〈平心論高鶚〉需要改寫；但願我們打回大陸之時，此過錄的甲辰本依然存在。

戚本

乾隆三十四年左右，德清戚蓼生購得抄本，作一序於上。清末輾轉為有正書局老闆狄楚青所獲，以大字石印，題名為「國初鈔本原本紅樓夢」。原抄本存上海時報社，民國十年燬於火。

狄楚青在付印時，擅改批語，竟出現「情之變態」的字樣，為林語堂先生捉出毛病。

以上五個脂本，全部都是「過錄」的抄本，甲戌、庚辰等等，只是底本上的年份；「過錄」的年份不詳，假如我在上距乾隆甲戌二百另六年的今天，借抄適之先生的那個十六回珍本，便亦可稱為甲戌本（過錄本）。蘇先生口口聲聲「原本」，是不是把文淵影印的那個過錄本，誤認為曹雪芹的手稿了？

過錄的本子，好壞全在抄手。抄錯得最厲害的，正是「庚辰定本」，也就是蘇先生所看到的那個「原本」。

抄錯的原因，不外乎抄手程度低劣，匆忙疏忽，再有一個特殊的原因，即是正文與評語糾纏。脂本的評語至少有七種：開首總批、眉批、夾批、正文下雙行批註；回末總批、混入正文的大字批語、雙行批註下再加雙行批註，這樣複雜的底本，自然容易抄錯。適之先生曾舉一例：

……戚本第一回云：

一家鄉宦，姓甄（真假之甄寶玉亦借此音，後不註）名費廢，字士隱。

脂本（甲戌本）作：

一家鄉宦，姓甄（真假後之甄寶玉亦借此音，後不註）名費，（廢）字士隱。

戚本第一條評註誤把「真」字連下去讀，故改「後」為「假」，文法遂不通。第二條註「廢」字誤作正文，更不通了。……

抄手抄錯，自然不該曹雪芹負責；譬如蘇先生這篇文章中，起碼有幾個標點為手民排錯，如我據以指責蘇先生，說是連句點和逗點都弄不清楚，這是公平的嗎？又如蘇文「用乞太守，豈非僭妄？」此「乞」字必是「於」字的誤排；執此「用乞太守」的不通之句，「罵一聲『狗屁文章』」，蘇先生的感想又如何？

因此，蘇先生說：「原本紅樓別字之多，頗足叫人吃驚。而且還學倉頡亂造字。」顯然是張冠李戴了。如說曹雪芹能寫出一部《紅樓夢》，但連「顧」與「雇」；「理」與「禮」的用法都不懂，世上有如此不可思議的事嗎？

不過蘇先生所列舉的別字，錯得離奇，確是一個值得注意的問題。我不知道蘇先生和讀者們發現了沒有，所有的別字，幾乎都錯在同音異義；而照一般的情況來說，念別字的比寫別字的要多得多，《官場現形記》中某武官把「游弋」念成游「戈」；《紅樓夢》第二十六回，薛老大將「唐寅」認作「庚黃」；現在也還有許多人把「滲透」念成「慘（去聲）透」；「臀部」念成「殿部」。相反的，念得出茶毒生靈的荼字，就絕不會把荼毒寫成「塗毒」（蘇先生所舉之例）；倘或如此，一定有特殊的原因在。

照我的看法，同音異義的錯誤，不是抄錄的錯誤，而是聽人口述加以記錄的錯誤。這有兩種可能的情況：第一、「好事者每傳抄一部，置廟市中，昂其值得數十金」（程序）。如果雇抄手十人，一人口述，十人記錄，豈非一舉可得數百金？第二，「緣友借抄爭覩者甚夥，抄錄困難，刊板亦需時日，姑集活字刷印」（程乙本引言），刊版刷印，需要財力支持，不是大藏書家或書商，不會如此；但如有人得一抄本，傳於親友之間，你也要借，他也要抄，使主人左右為難之時，就只有請諸親好友，屆期自備紙筆，聽候宣讀，各自筆記。記得我在空軍服務時，每遇校閱視察，上級轉頒有關訓令，一時不及複製分發時，就常幹這玩意。

在這種情況之下，對抄手的能力是一大考驗，程度差的，「拭淚」誤「試淚」；「頌聖」誤「送聖」；「盤詰」誤「盤結」等等，都不算意外。有些口頭常用的字，聽得懂寫不出，便學「倉頡」造個新字湊上去；如果寫的速度趕不上聽的速度，就先空一句，回頭再補。至於蘇先生所舉「七十八回寶玉杜撰芙蓉誄」那段「奇文」，以及三十七回探春致寶玉一簡，在那些抄手，可能聞所未聞，自然更要記錄得七顛八倒，不通之至。像蘇先生所指責的「娣」字，我疑心原底本上是「女弟」兩字，由於抄手自作聰明，簡寫為「娣」字，才害得曹雪芹幾乎挨打。

寫到這裡，我附帶對影印《脂硯齋四閱古本紅樓夢》的文淵出版社，要提出一個要求。照此本內容來看，出於「庚辰定本」無疑。海內有幾個脂本，斑斑可考，庚辰定本現藏中國北大圖書館，其中缺六十四、六十七等兩回，文淵本則完整無缺，六十七回註明補抄，六十四回無補抄字樣，所以文淵所據以影印的本子，到底從何而來？令人不解。讀者以高價購此影印本，目的多半在研究紅樓的版本問題，非普通閱讀可比，文淵對其讀者，應有說明此過錄本的出處的義務。

除別字以外，蘇先生又痛責曹雪芹「造句欠自然」、「說話無輕重」、「句法雜湊文理不通」、「文白雜糅體例不純」。在所引的許多具體的證例中，有些是由於抄本有誤，如「大恩」誤為「天恩」；「心胸不快」誤為「心胸大快」，挨罵的該是此「原本」的抄手，與曹雪芹無干，不值一辯；有些出於個人主觀的好惡，見仁見智，無法分辨，如「眉立」這個新詞，脂硯或係親見鳳姐有此神情，故批：「二字如神。」蘇先生則以為「太生太嫩」。我除了因為曹雪芹的心血不能獲得蘇先生的欣賞而感到遺憾以外，別無話說。

但有些地方是必須要辯的。因為那既非抄手的錯誤（或雖有錯誤，於曹的原意無大礙），也非主觀的好惡，確是當著讀者有一番道理可講。

「說話無輕重」第一條，蘇先生引第十六回及第八回，賈璉的乳母趙媽媽、寶玉的乳母李媽媽的話，下此論斷：

……雖賈府尊敬乳母，但下人總是下人，應該還出他們的規矩禮數，趙媽媽不能對賈璉用「燥屎」那種粗俗的比方；李媽媽對於小心眼，行動慣於惱人的林小姐，也不能直頂她：「你這算了什麼？」

首先我要為蘇先生指出，老年的下人，特別是乳母，在曹家有特殊的地位，因為曹家是「正白旗包衣」出身（適之先生說曹家是「漢軍正白旗人」，近人考定，並非「漢軍」）。何謂「包衣」？「正白旗包衣」的地位如何？茲節引鄭天挺先生所著《清史探微》，略為說明：

> 太祖起兵追隨的人很多，這些人全是後來的勛戚，他們全有給使的僕役，就是包衣，……但包衣的主人爵秩有尊卑，地位有高下，因而包衣也有等差。包衣之下還用包衣，主人之上仍有主人。（頁六二）
>
> ……八旗定例，奴僕全是子孫永遠服役，家奴的子女名曰「家生」，又曰「家生子」，《紅樓夢》四十六回稱鴛鴦為「家生女兒」，四十五回稱周瑞之子非「家生子兒」，皆此類。（頁六三）
>
> 入關以後，滿洲八旗因統屬不同，地位不同，分為二等，天子自將的鑲黃、正黃、正白為上三旗，其餘正紅、鑲白、鑲紅、正藍、鑲藍為下五旗。各旗包衣也分為兩個系統，上三旗的包衣稱為「內務府屬」，……上三旗屬於皇帝，包衣就是皇室的僕役（按：此指上三旗「內務府屬」的包衣）。（頁六四）

曹家是皇帝的奴僕，曹寅和他的母親孫氏，與康熙更有一層不平凡的淵源，原來孫氏是「聖祖保母」（見《永憲續錄》）。《郎潛紀聞三筆》卷二，有一條：

康熙己卯（三十八年）夏四月，上南巡回馭，駐蹕於江寧織造曹寅之署。曹世受國恩，與親臣世臣之列。爰奉母孫氏朝謁，上見之，色喜且勞之曰：「此吾家老人也。」賞賚甚渥；會庭中萱花盛開，遂御書「萱瑞堂」三字以賜。考史：大臣母高年召見者，或給杖，或賜幣，或稱老福，從無親灑翰墨之事。曹氏母子，洵昌黎所云，「上祥下瑞無休期」矣。（按：馮景《解春集文抄》有〈御書萱瑞堂記〉，內容與此相仿。）

因為有這樣不平凡的淵源，所以尤西堂〈曹太夫人六十壽序〉中，才有「宜其協贊司空，光顯鴻業，兼能玉二子以有成也」的話。至於曹寅，周汝昌根據顧景星〈懷曹子清〉一詩的首二句：「早入龍樓儤，還觀中秘書」作這樣的推論：

按這首詩多為追憶十八年時各事，……應注意的卻是首二句：曹寅既非進士，更無從入詞館，如何說他「還觀中秘書」呢？……至於「早入龍樓儤」一句也同樣重要。曹寅自己在他四十九年十月初二日一摺子裡說：「念臣從幼豢養。」又五十年六月初九日一摺也說：「臣自黃口充任犬馬」，所以我推想曹寅大概在十歲以內就進宮當差，侍帝左右，御齋伴讀。他和康熙帝可說是「總角之交」了（康熙帝即位時才八歲），我們須明瞭他和皇帝淵源之深，才可以了解他後來的親信地位。皇帝視之為家人父子，這種特殊關係，即其他部院大臣亦不能和他相比也。

此說實有相當見地（按：關於曹寅「伴讀」，周汝昌另有說，不必贅述），不過十歲進宮當差，中國歷史上除了小太監以外，尚不多見，因為十歲的孩子，本人還須父母照料，又有何差可當？只有像孫氏那樣，成為太子或幼主的保母，曹寅十歲隨母進宮當差，就變得合理而可能了。反過來看，曹寅之能與康熙成為「總角之交」，結下深厚的關係，乃由其母而來。所以造成曹家的富貴，孫氏有特殊的貢獻。紅樓夢中賈母何以有那麼高的地位、那麼大的權威，正以其家有此傳統。曹家是皇帝的奴僕，孫氏是康熙的保母，則曹家老年的奴僕，特別是乳母，應該受到主子們的尊重，亦就無怪其然。紅樓夢四十五回：「只見一個小丫頭扶著賴嬤嬤進來，鳳姐等忙站起來笑道：『大娘坐下。』」此種禮數，那像主子對奴僕？同回，賴嬤嬤干預周瑞家的兒子被攆之事，對鳳姐說：「我當什麼事情？原來為這個，奶奶聽我說：他有不是，打他罵他，叫他改過就是了；攆出去，斷乎使不得。……」這樣的口吻，竟是長輩教導晚輩，而榮國府中，就興這個規矩。如果蘇先生了解曹家的身世背景，就知道趙媽媽、李媽媽所說的話，不算「無輕重」。

現在，就事論事，我們再來看蘇先生所指的例證。按：十六回，趙媽媽來看鳳姐，為她的兩個兒子求差使，這一段描寫是有過程的，先是叫她上炕去喝酒，她「執意不肯」；然後鳳姐體貼她牙齒不好，叫拿很爛的火腿燉肘子給她吃又道：「媽媽，你嚐一嚐你兒子（指賈璉）帶來的惠泉酒。」鳳姐如此刻意籠絡，表面上是尊重其家族的傳統，博取賢慧之名，實際上是孤立賈璉的手段，趙媽媽這種積世老虔婆，豈有不明白之理？她罵賈璉「燥屎」，一則倚老賣老，故示親切；再則是討好鳳姐，明遞降表。只看下文一個欣然許諾：「媽媽，你的兩個奶哥哥都交給我」；一個就捧鳳姐：「可是屋子裡跑出青天來了。」鳳姐弄權，下人趨奉，賈璉在此聯合陣線之下，地位低落，寫得面面俱到；此中夾「燥屎」一罵，正是極其生動的好文章，今本改為「落空」，反而不夠力量。是則「燥屎」一語，即令粗俗，亦復何礙？正如蘇先生筆下的「猴尿」，只問比方得恰當不恰當；不必問比方得粗俗不粗俗？

第八回李媽媽在薛家那一段也是有過程的。這個薛姨媽所罵的「老貨」，自恃是寶玉的乳母，狐假虎威，極其討厭。此回寫如在薛家對寶玉行使不必要的監護權，一層一層寫來，到林黛玉那裡碰了個大釘子，試問我們設身處地替李媽媽想一想，她的心情該當如何？

一、正在張牙舞爪，得意忘形之時，忽然有人說出兩句比刀子還利害的話，讓她下不了台，自然又羞又惱。

二、李媽媽心想：我「素知」你的「為人」，言語尖刻，不大好惹，所以特別對你客氣；我說：「你要勸他，只怕他還聽些」，是抬舉你，你怎麼不知好歹，反來拆我的台？到底是什麼意思呢？

三、一向拿「老太太」這頂大帽子壓人，無往不利，今天要在別的正經主子面前碰了釘子，也還罷了；在這個來了還沒有多久的小女孩手裡落了下風，實在於心不甘。於是，她就必定要設法找回面子，而又苦於說不出「一句話來比刀子還尖」，才逼出這一句「你這算了什麼？」

這一段應算是一個小小的衝突，該有一個小小的高潮，高潮的頂點就在這句話上。今本刪此一句，成為：「李媽媽聽了又是急，又是笑，說道：『真真這姐兒說出一句話來，比刀子還利害。』」這是忠厚老實人的口吻姿態，豈類李媽媽的為人？有了「你這算了什麼？」這一句，彷彿讓我們看到了一個老羞成怒，情急無奈、僵立在那裡似乎要耍無賴的老厭物。傳神一至此！我得感謝蘇先生提此一句，讓我多欣賞到曹雪芹的一個妙處；正像我感謝蘇先生列舉了那些「別字」，才讓我發現了抄手何以有同音異義的錯誤一樣。

由乳母之例，我們接下來再看丫頭與小廝。先抄一段蘇先生的原文：

第二十四回賈芸想進大觀園見寶玉，進門時「只見焙茗、鋤藥兩個小廝下象棋，為奪車正辦（辯）嘴，還有引泉、掃花、挑雲、伴鶴四五個又在屋簷上掏小雀兒頑，賈芸進入院內，把腳一跺，說道『猴兒們淘氣，我來了。』眾小廝看見賈芸進來都打散了。」賈芸見襲人替她倒茶，尚站起來說：「不敢勞動姊姊，讓我自己去倒。」見了焙茗等居然擺出主子身款，說什麼「我來了！」……

按：賈芸「腳一跺，說道」云云，此是賈芸跟「猴兒們」開玩笑，見得他的身分不高，性格「不尊重」（鳳姐罵賈環之語），正是紅樓文字跳脫不板之處，蘇先生誤認為擺「主子身款」，這是那裡說起？然而這也可以不辯。

要辯的是：蘇先生以為丫頭小廝身分一樣，賈芸不該兩樣看待。那麼，實際上兩者的身分到底如何呢？讓我先引戚本第十一回，狄楚青一批：

（戚本）見寶玉合（庚辰本作「和」）一群丫頭子（庚辰本無子）們那裡頑呢。

（程本）見寶玉和一群丫頭小子們那裡頑呢。

狄批：「今本作『合一群丫頭小子們那裡頑』，只加入一『小』字，便將寶玉身分與丫頭身分一齊拖下，吾不為著者叫屈，吾不能不為寶玉與丫頭等叫屈也。」

照蘇先生的意見，我亦不能不為襲人叫屈。在榮國府中，丫頭與小廝的身分不同，襲人與焙茗尤其不能相提並論。小廝祇是一種，像焙茗也不過得力得寵而已；丫頭的差級可就多了，拿怡紅院來說，不知名的做粗活的小丫頭是一等；碧痕、春燕、四兒、小紅又是一等；襲人、晴雯、麝月、秋紋又是一等；此最高的一等中，麝月、秋紋又比不上襲人、晴雯。這些「大丫頭」，起居飲食，與公子小姐相仿；口頭稱呼，不是「姑娘」就是「姐姐」，凡此都是小廝所望塵莫及的。

丫頭小廝同是奴才，為何身分上如此懸殊呢？第一自然是主觀的條件不同；而最主要的則在現實的利害關係上面。照我的看法，《紅樓夢》中最有身分的丫頭，還不是襲人平兒，而是賈母跟前的鴛鴦。曹雪芹特為她寫兩大回書，第四十回「金鴛鴦三宣牙牌令」寫正面；第四十六回「鴛鴦女誓絕鴛鴦偶」寫反面，一正一反，足以顯示鴛鴦是發號施令，掀起波瀾的主角身分。試看第四十回中鴛鴦的氣派、風頭，鳳姐得賣帳領情，王夫人也得假以辭色。

大觀園中有身分的丫頭，得具備三個條件：第一是資格，特別是尊長所賜，更應受幼主的尊重（請參閱第六十三回，「林家的」那一番話）；第二、主子是有相當地位的人；第三、受寵信。襲人恰符此三條件，連黛玉都開玩笑稱她「嫂子」，那麼有求而來，況是晚輩，更何況是不甚識廉恥的賈芸，看見襲人倒茶來，怎樣不該站起來說幾句客氣話？照我看，賈芸還可能有受寵若驚之感；換了晴雯未見得會親自來倒茶。

這兩節談紅樓夢中的奴才，寫了不少字數，是因為我寫本文以前，重溫紅樓及我所能找到的一些史料，發現曹雪芹所寫的主奴關係，極可注意，可能在紅學上形成一個新的課題。先分析曹雪芹所安排的主奴關係，他特別強調下列三點：

一、奴以主貴——主子體面，奴才體面；主子倒楣，奴才倒楣。

二、翻臉無情——主子奴才，感情融洽，脫略禮數，親如家人；但主子到底是主子，奴才終歸是奴才，不知道什麼時候惹惱了主子，就禍生不測，輕則打罵，重則攆了出去。此類例子，紅樓中甚多，就是寶玉，也有翻臉不認人，亂打亂罵的時候，如第三十回誤踢襲人事。

三、優容「老人」——上一輩的奴才，下一輩應特別尊重。此類例子也極多。

曹雪芹所強調的三點，比照其家世及遭禍情況來看，可能是心懷怨懟，有感而發：

一、奴以主貴——曹家為「正白旗包衣」，是皇帝的奴僕。按上三旗包衣稱「內務府屬」，而內務府實在是奢靡貪婪之藪，清明諸帝往往用它私其所親，織造即屬內務府織染局，隸廣儲司。大觀園中的丫頭，有幸有不幸，正如八旗包衣的榮辱，在先天的出身上，就已決定了一大半。

二、翻臉無情——此言人主喜怒無常，以故禍福不測，正為奴才的絕大悲哀。按：曹家在雍正六年抄家；乾隆帝即位後，曹頫起官內務府員外郎，曹家局面好轉。但：據周汝昌推論，在乾隆三年至十年間，曹家似乎又有一次鉅變，家道再度中落，才真是一蹶不振；惟其情況如何，現不可知。

三、優容「老人」——雍正即位，先朝親信，大遭其殃。上諭有「朕即位以來，外間流言，有謂朕好抄人之家產」的話，可以想見雍正的作風和民間的觀感。曹雪芹強調幼主應尊重上一輩手裡的奴才，是寄託遙深的感慨。

我以上的見解，自然是一個不成熟的見解，但不能不說是一個新的見解。特意寫出來就教於讀者。在我的〈曹雪芹對《紅樓夢》最後的構想〉一文中，我曾提到趙岡先生的主張，他認為可能曹雪芹後四十回的原稿中，關於抄家的描寫，有不便為清高宗所見的「礙語」，乃由另一滿人，刪削進呈；目前所流傳的百二十回本，即是此改寫的稿本。我在技術上雖認為「絕無人可續紅樓」，但如我前述的「主奴關係」說能成立，則所謂「礙語」云云，可能正是後四十回定稿未能流傳於世的原因。如果曹雪芹以鳴冤的動機來寫紅樓，那麼後四十回中提到抄家，就是觸及了問題的核心，頗難著筆，規避不談，則非本心，直抒胸臆，則致大禍；即令有了自己滿意的定稿（照他在第五回中的「預告」那樣子寫），也萬萬不敢拿出來的。

曹雪芹年齡與生父新考

1 先提結論

《紅樓夢》人物的年齡，特別是寶玉，前後錯亂，忽大忽小，是這部流傳了兩百年的文學名著的一大缺點；而在研究《紅樓夢》的人看，這一大缺點乃是最感困擾同時也最感興味的問題。從胡適之先生〈《紅樓夢》考證〉一文發表以後，「《紅樓夢》這部書是曹雪芹的自敘傳」的說法，鐵案如山，再不可移；因此，要解決寶玉的年齡問題，必先從確定曹雪芹的年齡，也就是他的生卒年份入手，才是正本清源的辦法。

曹雪芹死於乾隆五十八年癸未（一七六三）除夕；生在何年，則難斷定，但大致不外乎以下三說：

一、胡適之先生假定他四十五歲，應生在康熙五十八年（一七一九）。

二、周汝昌確定他生在雍正二年（一七二四）初夏，實際年齡三十九歲半。

三、林語堂先生支持大某山民的推算，認為寶玉當生在康熙五十七年（一七一八），實際年齡四十六歲。

以上三說有一個共同的根據，即是敦誠挽曹雪芹的那句詩：「四十年華付杳冥」。不過胡先生是往「大」處看，林先生亦是如此，而周汝昌則看死了「四十」兩字。在年齡上遂有五、六歲之差。

這五、六歲之差，何以會引起大問題呢？我認為影響及於寶玉的年齡的混亂，猶在其次；最主要的，還在這最初的五、六年之中，曹家有一大變故：雍正五年抄家，翌年返居京師。如照周汝昌之說，則抄家之時，曹雪芹不過三、四歲，對於曹家在金陵如何富貴，並無所知；照胡林兩先生的假定，曹雪芹那時十歲左右，早熟的孩子，已很懂事，才談得到「身經極繁華綺麗的生活」。這一點，在史學上關乎本事的考證；在文學上，屬於生活的體驗，關係太重要了。

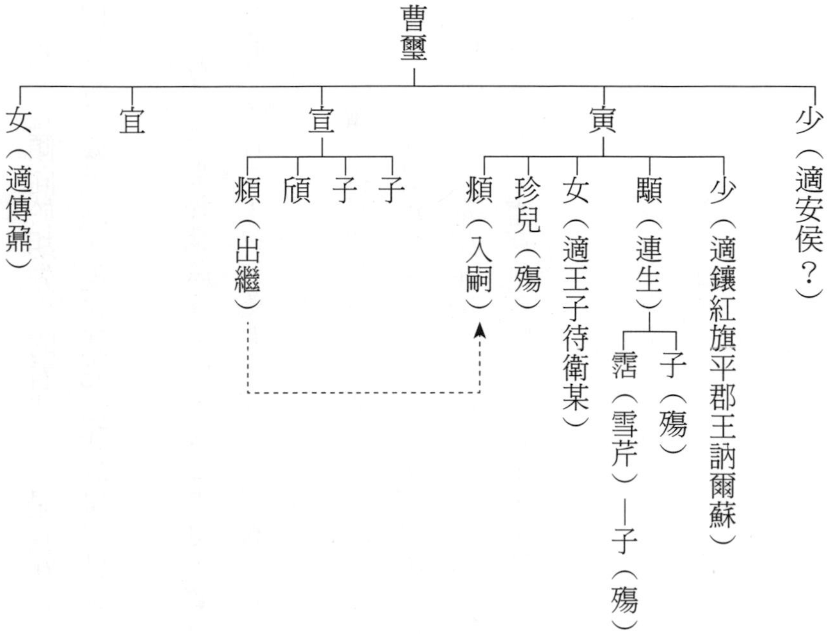
曹璽
女（適傅鼐）
宜
宣
寅
少（適安侯？）
頫（出繼）
頎
子
子
頫（入嗣）
珍兒（殤）
女（適王子侍衛某）
顒（連生）
少（適鑲紅旗平郡王訥爾蘇）
霑（雪芹）—子（殤）
子（殤）

我一直傾向於胡先生的看法；不過我在正式研究此一問題之前，並無成見，一切要看證據說話。現在我先把我的研究結果寫在下面：

曹雪芹生於康熙五十四年四月中旬，實際年齡四十七歲半；他是曹顒的遺腹子，行二，但卻是曹寅唯一的嫡親的孫子。

要讓讀者接受我的研究結果，得由淺入深分三段來證明：

一、證明周汝昌「四十」之說，何以不可信？

二、證明曹雪芹在抄家之前，已「身經極繁華綺麗的生活」。

三、證明曹雪芹是曹顒的遺腹子，生於康熙五十四年。

2 曹氏世系

先從周汝昌的考據談起。

周汝昌《紅樓夢新證》一書，據他自己說：「大部還是我在一九四八年做學生時課餘所草。」以後此書大概被用來作為「清算胡適思想」的工具之一，所以加上些「妄人」之類不負責任的罵人的話，明眼人可以看得出來他的言不由衷的悲哀。

此書在「紅學」的範疇中，夠得上稱為一部鉅著。在考據方面，大致如林語堂先生所評：「整理之勤，用心之細，自有他的地位。周書確有很多寶貴材料，有新收穫。」我認為他最大的貢獻是：考出曹子猷是曹寅的孿生弟弟（也可能晚一年生，總之年齡極近，極為友愛），同時推論他單名一個「宣」字；而曹宜則是曹寅另一幼弟。此一發現，極為重要，使得曹雪芹的身世更為明白。不過就在這條考據中，也還有商榷的餘地，現在綜合他的考據和我的意見，將曹璽一支的世系，列簡表如下：

但是，非常遺憾的，周汝昌對於材料的整理，雖用的是科學方法，而對於材料的運用卻主觀得厲害。換句話說，經過客觀整理的材料，只在能支持其主觀的認定時，方被選用，否則就抹殺不論。

他的「主觀的認定」是什麼？第一、對人有成見，如力攻高鶚；第二、太執著，把《紅樓夢》看成一字不可易的曹氏家乘，甚至據紅樓人物以訂曹氏世系，此是反客為主，本末倒置的做法，既欠妥當，亦無必要。

即因如此，細細看去，就可發現許多矛盾。我的第一段證明，主要的方法，即在找出他的矛盾來否定他的自信過甚的「四十」之說。

3 「四十年華」與「四十蕭然」

周汝昌的「四十」之說，有三個消極的理由，一個積極的理由。

先說消極的理由：

第一，假如雪芹真個活了四十五歲，敦誠為什麼不寫成「四五年華付杳冥」，而非作四十不可呢？事實上，不但是「四五」，除去「四三」平仄不調外，從「四一」到「四九」，敦誠都可以寫，而他單單要寫四十，足見不是無故。這是不能推諉為「舉成數而言之」的。

此說主要的用意，用攻胡先生「這自然是個整數，不限定整四十歲」的說法。其詞甚辯，似難駁倒。但試問：敦誠是不是絕對可以信任的，四十便說四十，四五便說四五？不是。只看他〈寄懷曹雪芹〉詩自註：「雪芹曾隨其先祖寅織造之任。」就可證明，敦誠不是不可能犯錯誤的。

但是，我又認為敦誠不可能不知道曹雪芹年在四十以上，因為當乾隆十三、四年時，他在八旗宗學所見到的曹雪芹是：「接䍦倒著容君傲，高談雄辯虱手捫」，這種不修邊幅，佯狂自喜的名士派，所予人的印象，起碼是在三十歲以上（請參閱後文談「虎門」一節），那麼到了乾隆二十九年做輓詩時，相隔十五年，很容易算出曹雪芹年在四十以上；而所以仍寫「四十」，我以為可能是故意犯此「錯誤」，用意在強調曹雪芹的境遇之可悲。

關於敦誠挽曹雪芹的詩，大家都知道「四十年華付杳冥」那一首，實際上初稿是兩首，見敦誠所著《鷦鷯庵雜詩》，我托人轉抄了來，併錄如下：

四十蕭然太瘦生，曉風昨日拂銘旌。腸迴故壠孤兒泣（原註：前數月伊子殤，雪芹因感傷成疾），淚迸荒天寡婦聲；牛鬼遺文悲李賀，鹿車荷鍤葬劉伶。故人欲有生芻弔，何處招魂賦楚蘅？

開篋猶存冰雪文，故交零落散如雲。三年下第曾憐我，一病無醫竟負君。鄴下才人應有恨，山陽殘笛不堪聞。他時瘦馬西州路，宿草荒煙對落曛。

（見《鷦鷯庵雜詩》）

四十年華付杳冥，哀旌一片阿誰銘？孤兒渺漠魂應逐（註：前數月，伊子殤，因感傷成疾），新婦飄零目豈瞑？牛鬼遺文悲李賀，鹿車荷鍤葬劉伶。

故人惟有青山淚，絮酒生芻上舊坰。（見《四松堂集》）

由上引可以看出，初稿雖有兩首，但不及後一首具體而沉痛，而敦誠由兩首刪定為一首，顯然亦因原作還不足以表達其內心的悲悼之故。最可注意的是原作為「四十蕭然太瘦生」，是說四十歲還窮愁潦倒，照中國人的傳統觀念，四十歲是事業大定之年，如果四十歲還不得志，那幾乎就此生無望了，所以「四十蕭然」之句，不必看死了就是當年的情況。至於改作既然要強調其境遇之慘，那麼四十「舉成數而言」，亦就不必改動了。

周汝昌把這條證據看得很重要，我卻認為並無太大的關係，只要找得出更好的理由和證據，此詩「四十」一句，可以存而不論。

第二、假如雪芹真個生於康熙五十七年，則到雍正六年曹氏落職籍家北返時，他已十一歲，不用說聰慧早熟的雪芹，一個笨孩子也該把南京和沿路情形記個清清楚楚。但雪芹書中於此兩者，連正面一筆都沒有，足證他並不記得。又如第五回寶玉向警幻道：「常聽人說金陵極大。」脂硯的批說：「常聽二字，神理極妙！」可見雪芹對於南京，影響皆無；南京是個什麼樣子，他只能從旁人嘴中「聽說」的。

三條消極的理由，此條力量最薄弱。知道不知道是一回事，需要不需要寫出來又是一回事，何得混為一談？如照周汝昌的邏輯，凡曹雪芹所寫的，都是他所親歷的，那麼曹雪芹北返以後，從未到過蘇州，何以又「正面」寫「姑蘇城，城中閶門，最是紅塵中一、二等富貴風流之地」云云這一段文字？又，「常聽人說」如何如何，是極普通的話，何得謂之「神理極妙」，照我看，脂硯特拈「常聽」兩字，正是提醒讀者，此中大有文章。真真假假，分析曹雪芹的創作心理，真有不得不言，而又不得明言；不可不假，而又不可全假的苦衷（以後我將作一專題討論）。獨怪周汝昌如此相信《紅樓夢》是句句真言，偏偏不相信開頭「故將真事隱去」這一句，是何道理？

他的第三個消極理由，說起來比較複雜，也最有意思，那即是由父親的年齡來推斷兒子的年齡。康熙五十一年曹寅死時，他的獨子曹顒才十八歲，繼任織造；到五十四年病死京城，曹頫奉旨入嗣為曹寅之子，其時最大也不過二十歲，他這兩點考據，並無疑問；下面是他的推論：

……曹頫……至康熙五十七年纔當二十三歲；假定始生雪芹，一歲，到雪芹十三歲時，曹頫該年纔三十五歲，然而《紅樓夢》敘寶玉至十三歲時，「賈政……忽又想起賈珠來……自己的鬍鬚將已蒼白……」（第二十三回），已然不是四十歲上人的光景……再次，寶玉之上，有元春、有賈珠，賈珠娶妻生子，賈蘭纔小寶玉兩三歲，則雪芹斷非頭二胎，第十八回亦言「賈妃念母年將邁，始得此弟」；合起來看，謂雪芹生於康熙五十七年，絕難相合。即令生於雍正二年，到十三歲曹頫亦不過四十一歲，仍舊只嫌其早，而不嫌其晚。（按：此言賈政四十一歲不大像「鬍鬚將已蒼白」的樣子也。）

讀者請注意，周汝昌是絕對相信曹雪芹筆下所記；一無虛假；元春、賈珠亦確有其人，那麼請問，曹頫是那一年生曹雪芹的長兄（賈珠）的呢？

照周汝昌在〈雪芹生卒與紅樓年表〉所記：當雍正八年時，雪芹七歲，曹頫三十三歲，姪（賈蘭）五歲；假定其長兄（賈珠）十六歲結婚，十七歲生子，則該年如在世應為二十一歲，虛歲上推二十年，康熙四十九年生，一歲；而其時曹頫只十五歲，就算曹家有早婚的傳統，而且結婚第二年即生子，曹頫也非得十四歲結婚不可，這已然大不近情理了，正如他自己所說的，「大兒子小爸爸」，年紀將「犯衝突」；而況該年（康熙四十八年），曹顒剛剛上京當差，還未結婚，曹頫年歲不足而又婚在兄前，無論如何是不可能的事。

我舉出他的這個矛盾，不足以直接證明曹雪芹非生於雍正二年，但可間接證明周汝昌的論斷不夠科學，他從賈政的「鬍鬚」，去找年齡的答案，不能令人心服。

4 子虛烏有的「元妃」

周汝昌的所謂一個「積極的理由」，即上文所提到的〈雪芹生卒與紅樓年表〉，他說：

我的辦法是把《紅樓夢》全部讀過，凡遇年日季節的話，和人物歲數的話，都摘錄下來，編為年表，然後按了上推所得的生卒年把真朝代年數和小說配合起來，看一下符合到什麼地步。

我配合的結果，兩者符合的程度竟是驚人的，而且還有出乎意料之外的證據。符合的是：從雪芹出生配合寶玉降世起，到雪芹十三歲。書中寶玉也正好十三歲。書中這一年，就是從第十八回起敘至第五十三回止的一年——最詳細也就是最重要的一年。這一年也剛剛就正是真史上最重要，關係曹家最鉅的乾隆改元……

在〈年表〉之後，他說：

……這樣一部大書，百十萬言，人物事情，複雜萬狀，而所寫歲時，年齡大小，竟而如此相合，井然不紊，實在令人不能不驚奇，偶爾也有兩三處欠合的，絕非重要，從整個著作看，實在提不到話下。……

這樣真年數與小說年表的配合結果如此恰當，實出我初意料想之外。假如依胡適的四十五歲的說法，配上去，倒無不可，只是最重要的「第十三年」便要落到雍正八、九年上，那時曹家北歸不久，倒楣得正不可開交，怎麼寫成全書中最高興的一年呢？

綜合我的證據，我堅持我的意見：曹雪芹是生於雍正二年（一七二四、甲辰）的初夏，……而他的小說，不獨人物情節是「追蹤攝跡」。連年月日也竟都是真真確確的。

從這段話看，其躊躇滿志的神情，溢於言表。同時也可以看出，考證《紅樓夢》和曹雪芹的年齡，最重要的是他十三歲的那一年。這一年中的大事是「元妃省親」，如果元妃有其人，則大觀園的地點有著落，曹雪芹十三歲那一年在何處有著落，從而年齡問題也有著落，所以「元妃省親」四字，尤為關鍵所在，首先有加以一考的必要。

然而，我躊躇久之，竟不知從何考起？因為曹雪芹對虛構的「元妃」，還說得「像煞有介事」；而周汝昌一口咬定必有其人的「元妃」，竟連他自己都弄不清楚是怎麼回事？他引《清會典》所載皇貴妃儀仗，與《紅樓夢》第十八回元妃歸省所敘鹵簿相比，下斷語說：

> 所敘竟全合。……皆非虛揣妄測可比。可見雪芹必曾身經目見。

又說：

> 雪芹寫元春歸省，禮儀鹵簿，偌大場面，井然不紊，若未身經，單憑虛構，未必寫得如此生動得當。《紅樓夢》書中的官階，都有誇大，則「皇貴妃」一名，應亦減等視之。

又說：

> 元春未必即是妃，可能是嬪以下的等級，因此史冊上不載。

那麼賈元春到底是次於后的「皇貴妃」，還是下皇貴妃三等的「嬪以下的等級」？是嬪，則曹雪芹不當看到「皇貴妃」的鹵簿，是「皇貴妃」則何以又說「可能是嬪以下的等級」？

其次是所謂「東宮」，〈年表〉中敘說：

一日，賈政生辰，忽有元妃晉封訊。按賴大云：如今老爺又往東宮去了。是指乾隆尚為太子時事明甚。

按：清朝自康熙以後，即廢立儲之制，皇子成年後，在宮外分府另居，即位後移居宮內，此親王府通稱「潛邸」，自是取龍潛於淵之義，何來「東宮」與「太子」之說？同時，親王郡王的妻妾稱「福晉」、「側福晉」，更無所謂「晉封」之事。凡此都是曹雪芹故留破綻自明其假托的筆法，而周汝昌竟信以為真，豈不可怪？

最荒唐的還是他強作解人，引乾隆即位後，准親王貝勒於歲時令節各迎太妃於邸第的上諭，謂：

乾隆於雍正十三年秋即位，十二月已有此旨，則前此起意與轉年建元，准嬪妃才人回家，正合符契。

此附會其詞的論據，就算能夠成立，但起造「省親別墅」，照他的算法在雍正十二年，那麼，難道「寶親王」（乾隆為皇子時的封號）預知明年將登大位，便可有權「准妃嬪才人回家」，所以早早告知賈政起造「省親別墅」，以便「啟請內廷鑾輿入其私第」？

總之，周汝昌所舉元妃省親必有其事的證據和理由，支離破碎，合在一起來看，簡直不成話說。至就曹家的實際情況而論，我們亦找不出任何跡象，說他家有個女兒，曾被選入宮，即令真有其人，也絕非貴妃，然則省親之事，豈非子虛烏有？

周汝昌所製的〈年表〉，毛病還多，絕難取信於人，如林語堂先生就是。不過攻一說易，立一說難，而且後說能立，則前說不攻自破，因此，我應該進行第二段的證明，證明曹雪芹的年齡在四十五歲以上；幼年所經歷的「極繁華綺麗的生活」是在金陵，而非北京。

5 雍正五年以後

第一個理由：每一個瞭解曹雪芹的身世的人，都應該想到，曹頫抄家以後，回到北京，由他的後任隋赫德，「酌量撥給」在京的房屋以供居住，就不可能再有《紅樓夢》中所描寫的那樣的氣派。

家道中落，其一。天潢貴胄，冠蓋如雲的天子腳下，有什麼人把一個抄了家的六品小主事放在眼裡，「秦可卿」如果死在北京，何至於會有「東、南、西、北」四王來祭？其二。即令「百足之蟲，死而不僵」，依然還有相當的財勢，可是雍正的作風，曹家已經親自領教了，試問以待罪之身，也還敢擺那樣鐘鳴鼎食的排場嗎？其三。

還有一個不大為人注意的小節，卻是一個極其重要的反證；清朝開國鑒於前明之失，對太監加意防嫌，嚴禁干政，雍正乾隆兩帝，尤其峻厲，乾隆三十九年太監高雲從洩漏記名人員名單，審問屬實，高雲從處斬。案中牽涉到大學士于敏中，當時雖僅交部議處，但傳說他病喘未死之時，乾隆賞他一件棺殮用的陀羅經被，暗示他自殺，後來又比之為嚴嵩，即因他交結太監之故。又如乾隆巡幸灤河，巡檢張若瀛杖責不法內監，特擢七級，即是有意制抑太監使其不敢為惡。照此看來，《紅樓夢》十三回，寫「大明宮掌宮內監」戴權公然賣官一節，如在雍、乾之際，就不大可能。不過，康熙時情況比較不同，曹寅密摺中，常有「太監梁九功傳旨」的字樣；又康熙五十九年曹頫摺硃批：「今不知騙了多少磁器！朕總不知，以後非上傳旨意，爾即當密摺內聲名（明）奏聞，倘瞞著不奏，後來事發，恐爾當不起，一體得罪，悔之莫及矣。……」曹雪芹寫夏太監需索，當本此而來，但必定是在曹頫織造任內；抄家以後就沒有什麼秋風可打了。

其次，是地點問題。周汝昌對此有專章討論，根據曹頫摺子「所有遺存產業，惟京中住房二所，外城鮮魚口空房一所」，認為「住房二所，很像『寧、榮二府』」，從而涉及曹子猷的芷園，說是「影影綽綽的大觀園」。按雍正六年曹頫抄家後，隋赫德一摺云：

……再曹頫所有田產房屋人口等項，奴才荷蒙皇上天恩浩蕩，特加賞賚，寵榮已極……曹頫家屬蒙恩諭少留房屋，以資贍養，今其家屬不久回京，奴才應將在京房屋人口，酌量撥給。

既云「少留」，又云「不久回京」，則所謂「酌量撥給」，即是曹家原有的「京中住房二所，外城鮮魚口空房一所」的一部分，彰彰明甚。鮮魚口空房自不必談，如是另外兩所住房，無論如何也不會像書中所寫的寧榮兩府那樣的規模，大觀園更不用提了。當時的北京，除了王府賜第以外，做官發了財的，多在原籍置產，絕不會在北京大治園林，因為享用不長（調任外官或退休回籍），而且帝輦之下，耳目眾多，大起樓台豈不是自己掛貪污的幌子？

同時，房屋的大小與人口的多寡，必成正比，那樣大的房子，得多少人來管理？曹寅四十八年謀移婿居，在摺中有「擬於東華門外移居臣婿，並置田莊奴僕，為永遠之計。」的話，可見他在京本無多少奴僕。又，曹頫抄家以後，在金陵的「人口」已賞給隋赫德，在京的「人口」則是「酌量撥給」，而現在寫寧榮兩府「家生子」與「非家生子」，三代俱在，毫無星散之象，怎可能會是雍正六年以後的情況呢？

6 敦敏、敦誠與曹雪芹

再就「同時人的證見」來看，首先得注意敦誠、敦敏他們的詩，胡先生在他的考證中，引過六首，我所知道的，共有十一首（輓詩算兩首），依年份排比如下（見於《胡適文選》及本文已引者，只錄題不錄全文）：

乾隆二十二年　敦誠

寄懷曹雪芹（內有「揚州舊夢久已覺」句。）

乾隆二十五年　敦敏

雪圃曹君別來已一載餘矣，偶過明君琳養石軒，隔院聞高談聲，疑是曹君；急就相訪，驚喜意外，因呼酒話舊事，感成長句：

可知野鶴在雞群，隔院驚呼意倍殷。雅識我慚褚太傅，高談君是孟參軍。秦淮舊夢人猶在，燕市悲歌酒易醺。忽漫相逢頻把袂，年來聚散感浮雲。

同年　敦敏

題芹圃畫石

傲骨如君世已奇，嶙峋更見此支離；醉餘奮掃如椽筆，寫出胸中磈礧時。

乾隆二十六年　敦誠

贈曹芹圃（內有「廢館頹樓憶舊家」句。）

同年　敦敏

贈芹圃（內有「秦淮風月憶繁華」句。）

同年　敦敏

訪曹雪芹不值

乾隆二十七年　敦誠

柬刀質酒歌

乾隆二十八年　敦敏

小詩代柬寄曹雪芹

東風吹杏雨，又早落花辰。好枉故人駕，來看小院春。詩才憶曹植，酒盞愧陳尊。上巳前三日，相勞醉碧茵。

乾隆二十九年　敦敏

輓曹雪芹（初稿兩首，改定一首，俱見前。）

同年　敦敏

河干集飲題壁兼弔雪芹

花明兩岸柳霏微，到眼風光春欲歸。逝水不留詩客杳，登樓空憶酒徒非。
河干萬木飄殘雪，村落千家帶遠暉。憑弔無端頻悵望，寒林蕭寺暮鴉飛。

試看以上各詩，「揚州舊夢久已覺」、「秦淮舊夢人猶在」、「秦淮風月憶繁華」等句，無一不是證明曹雪芹的「繁華夢」在南非北。敦誠「廢館頹樓憶舊家」句，與敦敏同年（乾隆二十六年）同題（〈贈芹圃〉），「秦淮風月憶繁華」句合著，當然也是指的金陵。

我認為最重要的是乾隆二十五年敦敏的那首七律。此詩全為寫實，而且層次井然，由「雅識」一聯，可知在此以前，敦敏還不如他弟弟敦誠那樣與曹雪芹相知有素，經此一番「話舊」，才有更深一層的瞭解。所謂「話舊」當然是指「秦淮舊夢」（如所「話」為敦敏與曹雪芹之「舊」，則詩中提到「虎門」——八旗宗學）；「人猶在」三字，明指曹雪芹是親歷「秦淮舊夢」的人，下接「燕市悲歌酒易醺」七字，緊扣小序「呼酒」語，拉回實境，見得曹雪芹當時酒入愁腸的情態。此詩格律嚴謹，除開頭「雞群」兩字對「隔院」的人有些不客氣以外，通首到底只敘作者與曹雪芹兩人之間，呼酒話舊，不及他人。周汝昌把「人猶在」三字，解為「紅樓夢書中人猶在」，意在否認曹雪芹曾歷「秦淮舊夢」，是沒有效果的。

歸納敦敏、敦誠的詩，還可以得到一個反證，如果曹雪芹北返以後，曾有過像周汝昌所肯定的那樣豪華的生活，何以他們的詩中隻字不提？敦敏弟兄對曹雪芹的身世很清楚，而且相當同情他的遭遇；在交遊上，特別是曹雪芹死前數年，時有往還，果真曹家在北京有個已成為「廢館頹樓」的「大觀園」，豈能不去憑弔一番，形諸吟咏？這個消極的證據，在「秦淮舊夢人猶在」這一積極的證據反襯之下，特別顯得有力量。

敦敏、敦誠論交的經過，有個叫吳恩裕的人，在《有關曹雪芹八種》這部書中，作過很好的考證。他考出敦誠於乾隆二十二年在喜峰口〈寄懷曹雪芹〉的詩中，所謂「當時虎門數晨夕」的虎門，乃指「八旗宗學」，典出《周禮》：「周之師氏在虎門」；果毅親王允禮作《宗學記》更明白指出：「即周官立學於虎門之外，以教國子弟之義也。」敦敏、敦誠詩中，「虎門」二字迭見，而尋繹詩意，亦無一非指學塾，如「虎門絳帳遙回首」等等。

敦誠於乾隆九年初入宗學讀書時，才十一歲，敦敏也在宗學讀書，年十六歲。敦誠詩中所說的「當時」，吳恩裕認為：

不應當指敦誠初入宗學時的乾隆九年。因為十一歲的敦誠是無論如何不能欣賞三十歲的曹雪芹那種「接䍦倒著容君傲，高談雄辯虱手捫」的風度的。而是應該指乾隆十四、五年左右，敦誠年已十五、六歲，他的哥哥年二十至二十一歲，曹雪芹則三十四、五歲的時候。這時，不但二十多歲的敦敏，就是十五、六歲的敦誠，也能夠欣賞曹雪芹那種疏狂傲岸的態度了。

這段話說得很中肯。但我可進一步補充：非三十四、五歲的曹雪芹，也不可能有那種疏狂傲岸的態度。因為個性的成型和發展，需要有時間的過程。曹雪芹絕不是矯揉造作的人，他的時代也不是王猛的時代；魏晉之際，亂頭養望，捫虱高談，是一種「術」，而康雍乾三朝，全盛時期的旗人，正在講究飲饌服飾，那麼，以紈袴出身的曹雪芹，變成如此不修邊幅的名士派，得要多少年呢？如照周汝昌之說，乾隆十三、四年時，曹雪芹才二十五、六歲，是不是已能形成此種性格，姑且不談；但二十五、六歲的青年，如出之以疏狂傲岸的吊兒郎當的姿態，頗難令人容忍，則是一定的。敦誠詩中「容君傲」的「容」字，正以其年齡大得太多，才能被「容」。

曹雪芹在八旗宗學幹什麼呢？他不是宗室，而且早過入學的年齡，所以絕不是敦誠、敦敏的同窗，吳恩裕說有「兩個可能」：「不是做小職員，就是做助教。」我認為小職員的成分居多，因為敦誠、敦敏題贈曹雪芹的詩，都是出於憐才之一念，視之為友的口吻。以「虎門當時數晨夕，西窗剪燭風雨昏」兩句看，可知曹雪芹住在宗學裡面；那麼，《紅樓夢》必有一部分寫成於「虎門」，敦誠、敦敏是不是他的最早的讀者？他們有沒有提供過任何意見？都是值得研究的問題。

7 何時開始寫紅樓

關於曹雪芹的年齡問題，我們還可以從他的創作過程去研究。

周汝昌綜合甲戌、庚辰兩脂本的硃批，考定《紅樓夢》在曹雪芹生前，即已經過五次批閱，每次評閱相去約兩三年之久，「抄閱再評」在甲戌（乾隆十九年），那麼首評上推兩年，在乾隆十七年「前四十回當已撰成」，這推論是合理的。

按甲戌本第一回前有七律一首，最後兩句是：「字字看來皆是血，十年辛苦不尋常。」假定「首評」時即有此詩，則開手初寫時，當乾隆七年；即以甲戌而論，最晚亦在乾隆九年，照周汝昌「四十」之說，乾隆九年，曹雪芹才二十一歲，這就有兩點疑問，不能不加研究：

第一，其時曹家當已敗落，「二十一歲」的曹雪芹，謀生之不遑，那裡會想到去寫小說？按中國文學創作的情況來說，不外乎兩類：環境優裕，或至少不愁生計，耽於吟咏，刻意求工，在少年時期，即有相當成就，此類可以納蘭容若為代表。此其一。賦性不合時宜，到處碰壁，中年窮愁潦倒之際，或未能忘情於名利，或者胸中有股突兀不平之氣，借稗官說部以為發洩，此類可以吳敬梓為代表。此其二。以「二十一歲」時的曹雪芹來說，兩類皆不合。

第二，寫小說，特別是寫實主義的小說，生活經驗是先決條件。以《紅樓夢》的接觸面之廣、人物之多、刻劃人情世態之深刻，無論如何不是曹雪芹在「二十一歲」時所能辦得到。

或謂：曹雪芹是天才，不可一概而論。不錯，我絕對承認曹雪芹是天才，但是生活經驗是沒有東西可以代替的，二十一歲的天才，可能推翻「相對論」，可能勝過貝多芬，但不可能寫出一部世態百相，形容入妙的大小說。

或謂：曹雪芹寫了十年，大可以一面吸收，一面發揮。這話似是而非，因為曹雪芹不是在寫「聊齋型」的筆記小說，寫一條算一條。這樣一部預定要寫百回以上的大小說，如果不是就完整主題、全盤結構、人物造型、場景安排等等，大致了然於胸時，豈可貿然下筆？

說到最後，頂頂明顯的還是創作衝動的問題，若非閱盡繁華，飽歷辛酸，追憶往事，痛悔莫及，千萬遍思量，產生非寫不可的創作衝動，就不可能維持十年之久。

因此，如說曹雪芹在二十一歲就開始寫《紅樓夢》，照我所了解的小說作者在創作時所必須的條件而論，我絕對不信。以我的推論，曹雪芹在乾隆九年時，正當三十歲，就是此時開始寫《紅樓夢》，也已非具有相當豐富的社會經驗和相當的天才的人不辦了。

8 無稽的新帝寵信說

周汝昌的錯誤在太執著，執著於「四十年華」那句詩；太主觀，主觀認定乾隆改元後，曹家出現「中興」的局面，才有「全書中最熱鬧最高興的一年」。我在寫〈我看紅樓〉一文時，對此說將信將疑，深入研究，才知大謬不然，除前面的論證以外，還有兩點，須得一辨：

第一，他說曹家「當中有允禩，允禟關係一段，始抄家敗事。」所舉證據是雍正六年七月（按：此時已是抄家以後）隋赫德一摺：在江寧織造衙門左側萬壽庵，查出鍍金獅子一對，係康熙五十五年塞思黑（滿語「豬」，雍正為允禟所改的名字）到江寧鑄就，因鑄得不好，交曹頫寄頓廟中。按康熙諸子爭位事，為滿清一大疑案，曹家既遲至五年年底抄家；又「蒙恩諭少留房屋」；而此摺一上，後情又不可考，只知曹頫依然健在，那麼有什麼理由可以相信曹家是此政治鬥爭中的犧牲品呢？最妙的是周汝昌引隋摺以後又說：「此事後情詳細則不可考，疑有拯曹氏未致一敗塗地者」。此更令人費解了。

第二，雍正十三年秋，乾隆即位，追封曹振彥為資政大夫，曹頫起官內務府員外郎，周汝昌據以為獲「新帝之寵」的證據（當然，照周的看法，主要的是「元妃」的關係）其實誥命追封，事極平常，曹頫起官，亦不過起復舊員通案中的一個，如何可說是「獲新帝之寵」？如真獲寵信，該再回江寧當織造才是。乾隆是一個最愛用私情的人，而且寵信甚專，福康安弟兄（乾隆內姪）一門煊赫；和珅用事數十年；劉石庵父子宰相；紀曉嵐充了軍又召回；如果曹頫是椒房貴戚，絕不至於只當一個小小的員外郎。至於說「是後曹氏似遭巨變，家頓落」，則以前提（所謂「中興」）既遭否定，假設（所謂「巨變」）自難成立，無須枉費求證的功夫了。

總結我以上一、二兩段的論證，有利於周汝昌「四十」之說的，充其量只有「四十年華付杳冥」那一句詩；其餘從他的家世、遭禍情況、個人經歷、與敦誠敦敏弟兄的交遊，以及創作過程等等來說，無一不是顯示曹雪芹死時，得年在四十五歲以上。

但是，說四十五歲以上，到底還只是一個說得通的假定，究竟有多少歲呢？

因此，我還得進行最重要的第三段的證明。當我研究已有結論，動筆寫本文以前，為了想盡可能多了解曹雪芹的身世，曾托人抄了吳恩裕談「虎門」的一節文章，已見前述；在他的考據中，敘敦誠於乾隆九年入宗學之後，有一段括弧以內的文字：「（關於曹雪芹的年齡，是按曹顒的遺腹子計算的，若以雍正二年的說法計算，則是年應為二十一歲。關於此點，還可以討論。）」我不知吳恩裕何所據而云然？也不知另外還有什麼討論的文字？但我有確確實實的證據和理由可斷定曹雪芹是曹顒的遺腹子，就必定生於康熙五十四年，一而二，二而一，乃是在一個答案中解決了兩個問題。

9 馬氏懷孕上達天聽

為行文方便起見，容我先將曹寅死後的情況，作一簡述。

康熙五十一年六月，曹寅至揚州書局，料理佩文韻府的刻工。七月初感受風寒，轉而成瘧；托他的妻舅蘇州織造李煦乞求「主子聖藥」，康熙即頒「金雞拏」，驛馬星夜趕遞，「限九日到揚州」，硃批李摺：「你奏得好」，並詳示金雞拏的服法，最後囑咐：「若不是瘧疾，此藥用不得。萬囑萬囑萬囑萬囑！」藥到揚州，曹寅已經去世。李煦上一摺，說曹寅虧欠公款，無貲可賠，身雖死而目未瞑，現以視鹽任滿，乞求代管一年，以完其欠。按自康熙四十三年起，曹寅與李煦奉特旨：十年輪視淮鹽（即一年一輪擔任「巡視兩淮鹽務監察御史」，是有名的「闊差使」），下一年該曹寅輪值，所以李煦有「代管」之請。康熙批云：「曹寅於爾同事一體，此所奏甚是。惟恐日久，爾若變了，只為自己，即犬馬不如矣。」五十二年初，曹寅的獨子曹顒奉「特命」繼承父職，管理江寧織造，時年十九歲左右。八月，復差李煦巡鹽；「代管」的一年，餘銀五十八萬餘兩，除清完虧欠外，尚多三萬六千餘兩。十二月，曹顒將此餘銀「恭送主子，添備養馬之需，或備賞人之用」，康熙硃批：「當日曹寅在日，惟恐虧空銀兩，不能完近；身沒之後，得以清了，此母子一家之幸。餘剩之銀，爾當留心，況織造費用不少，家中私債，想是還有，朕只要六千兩養馬。」

到五十三年，十年輪管鹽務任滿，李煦貪心不足，以虧欠甚鉅為理由，復請繼任。這一次康熙沒有答應他，點了「實能效力鹽務」的兩淮鹽運使李陳常為巡鹽御史，並囑李陳常為李煦償補虧欠。其時曹顒在織造任內，又有了新的虧空；同年冬，曹顒、李煦、曹頫一同進京，曹顒病故。

曹寅的妻子李氏，在三年以內，夫死子亡，而且還虧欠著公款，真已瀕臨了家破人亡的命運，但想不到絕處逢生，康熙替她處分了家務，特命曹頫出繼為曹寅之子，並承襲江寧織造之職，同時又命李陳常代為清補曹顒任內的虧欠。李氏得到消息以後，感激得親自「赴京恭謝天恩」，這是踰越體制的行動，所以「行至滁州地方」，為李煦「飛騎」攔了回去。

曹頫即是《紅樓夢》中的賈政，那應該沒有問題。他大概是曹宣的幼子，排行第四，曹寅有「予仲多遺息，成材在四三」的詩句，長次不知名，「三姪」名頎，善畫；四姪可能就是曹頫。曹宣官侍衛，家居京師，但曹頫從小就住在他伯父伯母那裡，康熙五十四年七月十六日摺：「奴才自幼蒙故父曹寅帶在江南撫養長大」，可證。我們可以想像得到，康熙即因曹頫與李氏情如母子，才讓他承嗣襲職，以期他能孝順老母，敬重寡嫂（曹顒之妻馬氏）；否則，照中國宗法上的習慣，不應以二房的幼男為長房的繼嗣。

但是，在這時還不能斷定，說曹寅就沒有他自己的親骨血了。康熙五十四年三月初六日，曹頫接江寧織造任，次日上謝恩摺，中間有一段說：

奴才之嫂馬氏，因現懷姙孕，已及七月，恐長途勞頓，未得北上奔喪。將來倘幸而生男，則奴才之兄嗣有在矣。

這幾句話太值得注意了。因為依照中國的倫理觀念，這個懷在馬氏肚子裡的孩子，乃是曹寅唯一的嫡親的孫兒或孫女，其為李氏所重視，不言可知，那麼後情如何，該有個著落；同時康熙對曹家的家務既然關懷備至，而且馬氏懷孕之事，已經「上達天聽」，是則無論生男生女，或者夭殤，曹頫亦必定有摺奏報；而竟無有，豈不可怪？

如果當年在故宮所找到的全部康熙朝的密摺，能讓我們細細檢查一遍，問題或易於解決，無奈此時此地辦不到，因此，我只有作大膽的假設。此假設不外乎四種：生女夭殤；生女長養成人；生男夭殤；生男長養成人。如是前三種，可以不必細考，如是第四種，即曹顒的遺腹子長養成人，則以其在曹氏家族中的特殊地位，必當為曹雪芹所提到，那麼在《紅樓夢》中是那一個呢？賈璉不像，賈珍更不像，難道就是寶玉？

當我一想到這個「遠在天邊，近在眼前」的人物，真所謂恍然大悟，就那一瞬間，各種證據，不求自至，恰如永忠弔曹雪芹的詩：「都來眼底復心頭」，向之不可解者，如寶玉出生何以寫得如此離奇，賈母何以如此鍾愛寶玉，賈政與寶玉之間何以看來總像缺乏父子之愛等等，似乎都易於索解了。

現在我從《紅樓夢》中找四條證據獻給讀者。

10 證據一：生日正在初夏

《紅樓夢》第六十三回「壽怡紅群芳開夜宴」，寫的是四月裡的光景，周汝昌說曹雪芹生於「初夏」，即本此。何以知是四月？因當天白天「憨湘雲醉眠芍藥裀」，當天晚上，寶玉說「天熱」，但「脫了大衣裳」，身上還穿著「緊身襖兒」，如是五月，則應寫照眼的榴花，又不當「大衣裳」之內還穿「緊身襖兒」。故知是四月。

何以知是中旬？因寶玉生日第二天，賈敬服「丹砂」而亡，尤氏計算因國喪在「孝慎縣」守陵的賈珍，「至早也得半月的功夫」，方能趕回，「目今天氣炎熱，實不能相待，遂自行主持入殮」；賈珍星夜奔喪「擇於初四日卯時請靈柩進城」，則到家之日，必在月初，否則應寫「擇於『出月』初日」；由月初上推半個月，故知是中旬。

按曹頫康熙五十四年三月初七日摺，謂馬氏懷孕「已及七月」，則四月中旬生產，合懷孕八個半月，乃是極普通的現象。又康熙五十年，曹寅得家報得孫（時曹顒在京當差），張雲章《樸村詩集》有「聞曹荔軒（曹寅別號）銀臺得孫卻寄兼送入都」一詩可證，但參看「將來幸而生男，則奴才之兄嗣有在矣」的話，可知五十年所生者，必已夭殤；而曹雪芹行二，又無可疑。

11 證據二：恰好十三歲

周汝昌〈雪芹生卒與紅樓年表〉排比第十八回後半至五十四回，均敘寶玉十三歲一年間事，林語堂先生亦指第十八回至五十三回事在一年之中，蘇雪林先生則以寶玉的年齡，始終跳不出「十三歲的大關」而深滋困擾，於此可知，確定曹雪芹十三歲那一年，到底在何時何地？成為解決其年齡問題的主要關鍵。

按康熙五十四年（一七一五）生，依中國虛齡計算，落地一歲，則至雍正五年正好十三歲。這一年底曹家抄家，翌年北上，故曹雪芹十三歲那一年，在其個人是生活的分水嶺，命運的轉捩點，實具有不可磨滅的慘痛紀念。

周汝昌說胡先生推斷曹雪芹生於康熙末年的理由，其二是：「因為曹雪芹如果生得晚，就趕不上曹家的繁華，所以要把『四十年華』放長五年，特意叫他趕到康熙末年，經一經所謂當年的繁華。後者的論斷，實在可笑得很。」現在由於自然而為產生的結果，證明曹雪芹確是趕上了「當年的繁華」；反而是周汝昌為了要使得曹雪芹回到北京以後，仍有一番繁華可「趕」，特意安排一個毫無根據的「乾隆改元，曹家中興」之說，變得「可笑得很」了。

12 證據三：賈政似周公旦

《紅樓夢》中人名，常是另有涵義，如甄士隱為「真事隱」；賈雨村為「假語村（言）」；單聘仁為「善騙人」；秦可卿為「情可輕」等等，不一而足。甄之為真，賈之為假，乃是確切不移的諧音，因此賈政就是「假政」；賈政字曰「存周」，合起來看，明明用的是周朝初年的典故。

按：「武王克殷二年，天下未寧而崩。此乃周初一個最嚴重的局面，不得已乃有周公之攝政。」（錢穆先生《國史大綱》）此即所謂「存周」；「假政」之為「攝政」，也就不言可知。周公與武王之子成王為叔姪，這不是明明告訴讀者，曹頫與雪芹也是叔姪？

依曹氏的家世與《紅樓夢》中所描寫的賈政之為人來看，曹雪芹安排「賈政字存周」的用意，當在說明以下三點：

一、江寧織造一職，在曹璽、曹寅、曹顒三世，都是父死子繼，如果曹顒不是早亡，等曹雪芹長大成人而聖眷依然不衰，則雪芹亦必可承襲此職。其間出現兄終弟及的局面，乃是不得已的變格，與武王崩，成王幼，周公出而攝政的史實相類，所以賈政這個名字，具有極好的象徵意義。

二、就曹寅之妻李氏來說，三年之內，夫死子亡，後嗣莫卜而官課待補，正面臨著一個所謂「最嚴重的局面」；曹家子弟雖多，但康熙所眷顧者只是曹寅，若無為李氏視如己出的曹頫，使康熙深信其必能孝母敬嫂，即不會有令其承嗣襲職的最佳安排。所以曹頫的「假政」，雖是儻來的富貴，但從另一角度看，亦正有「存曹」之功，否則，就連以後十三年的繁華，亦不可得了。

三、曹頫視曹寅夫婦，恩逾父母，在感恩圖報的心情之下，必有一番打算，「假政」以後終有「歸政」的一天，如果希望曹雪芹在他死後，具有繼承其織造一職的能力，那麼從小督責極嚴，也就無怪其然。

總之，從「賈政字存周」這個名字中，不但百分之百確定了曹頫與雪芹的關係是叔姪而非父子；並且可以幫助讀者了解曹頫的處境與態度，是個很重要的證據。

13 證據四：第三十三回大有文章

此一證據等於「證據三」的引申，即是我們從《紅樓夢》的本身去求解釋，也就是排除史學上的障礙以後，用文學的觀點來看《紅樓夢》，才知道許多形容入妙，極其委婉深刻的好文章，被我們忽略得太久了；特別是第三十三回寶玉「大受笞撻」，賈母與賈政發生衝突那一大段，照雪芹是李氏唯一的嫡親孫兒；曹頫為李氏的嗣子，雪芹的叔父這一層實際關係來看，內蘊的精義全出，試為分段析釋如下：

正沒開交處，忽聽丫嬛來說：「老太太來了。」一言未了，只聽窗外顫巍巍的聲氣說道：「先打死我，再打死他，就乾淨了。」

（解）祖母疼孫兒，事極平常，但護短從無如此說法；祖孫結成聯合陣線，視第二代為外敵，更悖乎情理。以血統而論，曹雪芹如為曹頫所出，則父子是真，祖孫是假，親父管教親子，以中國舊時的傳統，旁人只可解勸，無權干涉，現在竟勞只有過繼關係的祖母來替「假」孫子拚命，完全不合乎「疏不間親」的道理。只有祖孫是真的，母子是假，並且李氏只有唯一的一個嫡親孫子，才會在過度疼愛之下，急不擇言地說出「先打死我再打死他」八個字；否則，知書達禮的曹老太太，說話就太沒有分寸了。

「乾淨」二字，大有深意，我認為李氏（賈母）對曹頫（賈政）有著很深的誤解，她不認為他管教雪芹（寶玉）的動機出於善意，誤認為那是一種排斥孤兒寡婦的手段，這場衝突之所以鬧得如此嚴重，即因有意氣之爭在內。請參閱後解。

（原文）賈政上前躬身陪笑道：「大暑熱天，母親有何生氣，親自走來？有話只該叫了兒子進去吩咐。」賈母聽說，便止住腳，喘息一回，厲聲道：「你原來和我說話，我倒有話吩咐，只是可憐我一生沒養個好兒子，卻叫我和誰說去？」賈政聽這話不像，忙跪下含淚說道：「為兒教訓兒子，也為的是光宗耀祖，母親這話，我作兒的如何禁得起？」賈母聽說，便啐了一口，說道：「我說了一句，你就禁不起；你那樣下死手的板子，難道寶玉就禁得起了？你說教訓兒子是光宗耀祖，當初你父親是怎麼教訓你來的？」

（解）「可憐我一生沒養個好兒子」，意味親子已死繼子不能孝親承志，這對賈政是極嚴厲的指責，所以「這話不像」；「不像者」，賈政看賈母的來意，不像是單純地為了心疼寶玉，所以忙著跪下解釋其教訓寶玉的原因。如果真的是嫡親父子，則嚴父教訓，自然出於望子成龍之意，旁人不會懷疑，本人更無須解釋。

「你說教訓兒子是光宗耀祖，當初你父親是怎麼教訓你來的？」李氏（賈母）這兩句話，就表面看並無疑義；細一研究，卻又不然。此處「你父親」三字，自然是指曹寅，但曹寅在日，曹頫是以姪兒的身分為伯父所撫養，承嗣襲職都是曹寅身後之事；此日說「你父親」固然不錯，當初則是伯父教訓姪兒，這與父親教訓兒子，血統不同，親疏有別，難以類比。只有曹頫與曹雪芹是叔姪關係時，賈母的話才說得通，其意若謂：你伯父當初教訓你這個姪兒，如何慈愛；你今天教訓你的姪兒，竟用「下死手的板子」打他？是何道理呢？

（原文）賈政又陪笑道：「母親也不必傷感，皆是作兒的，一時性起，從此以後，再不打他了。」賈母便冷笑道：「你也不必和我賭氣，你的兒子，我也不該管你打不打。我猜著你也厭煩我娘兒們，不如我們早離了你，大家乾淨。」說著，便命人看轎馬：「我和你太太、寶玉，立刻回南京去。」

（解）賈母的話，照前一段看，是要留下寶玉（不該管你打不打）和王夫人回「南京」去；但下一段話又要帶走寶玉，可知「你的兒子」云云是作者故弄玄虛，欲真還假的筆法。此「我娘兒們」四字包括賈母自己和王夫人母子，與賈政（曹頫）相對的親疏關係，表現得非常清楚。王夫人或係雪芹之母馬氏。南京建都，始於東晉，王敦、王導兄弟大用，當時有「王與馬，共天下」之謠，馬氏假托為王夫人，疑本此而來。

一則曰「厭煩我娘兒們」；再則曰「我們早離了你，大家乾淨」，真是俗語所謂「話裡有骨頭」，賈母把賈政打寶玉，看得別有用心，豈不顯然？

（原文）賈母又叫王夫人道：「你也不必哭了，如今寶玉年紀小，你疼他；他將來長大，為官作宦的，也未必想著你是他的母親了。你如今倒不要疼他，只怕將來還少生一口氣呢！」

賈政說，忙叩頭哭道：「母親如此說，賈政無立足之地。」

（解）賈母對王夫人說的那段話，乃是借題發揮，人人皆知；但是究竟意何所指？過去我從未想到應該深究，現在才知道寫得確切不移，妙到顛毫。原來賈母的意思是：你小時候，我把你當自己親生的兒子一樣疼你，到長大成人當了織造，就不把我放在眼裡了。如果當初我不疼你，就不會有承嗣襲職這回事，那麼，今天要生氣也就無從生起。我們可以想像得到，賈母認為最痛心的是，排斥她的不是別人，竟是自己一手撫養提攜才造成今天的地位的曹頫。此即所謂「少生一口氣」。

現在我們來看這一衝突的過程，賈母先則曰「可憐我一生沒養個好兒子」，乃指責賈政不孝；再則曰「回『南京』」，等於變相地宣布斷絕母子關係的意圖；而這一番借題發揮，又無異痛責賈政忘恩負義。這話要傳出去，賈政豈不成了

「名教罪人」？所以「忙叩頭哭道：『母親如此說，賈政無立足之地。』」的確，不孝尊親，言官可以參劾，此在仕途中無立足之地；母子關係被否認，則在家族中無立足之地；忘恩負義，為任何人所不齒，並在社會中亦無立足之地了。

按：賈政對母親說話，不當自己稱名。此層頗為人所詬議，但在當時的情況下，為強調個人人格的最後立場，對本非所從出的過繼之母，自己稱名，我以為亦不算「太」離譜。

（原文）賈母冷笑道：「你分明使我無立足之地！你反說起你來。只是我們回去了，你心裡乾淨，看有誰來不許你打？」

（解）俗語說：「打狗看主人面」，既知寶玉是賈母的「命根子」，則打寶玉，就是打擊賈母，或者說是向賈母示威。李氏（賈母）始終誤認曹頫（賈政）要否定她的地位，所以才「冷笑道：『你分明使我無立足之地！』」「乾淨」一字樣，片刻之間凡三見，此處更謂「心裡乾淨」，越發露骨了。

14 假事真情

本文的考據工作，就我現在所能看到的材料來說，只能做到這裡為止。如果我的結論能為讀者所接受，那麼我們在重讀紅樓時，將會發現許多新的意義；並更易於了解它的主題。不過，同時，我也為讀者帶來了新的問題，最明顯的是：

一、如果賈政與寶玉是叔姪，曹雪芹為何把他們寫成父子的關係？

二、如果「大觀園」無其名，「元妃」無其人，為何虛構？

其實這些問題，胡適之先生早就給了我們解答：

《紅樓夢》明明是一部「將真事隱去」的自敘的書。（〈紅樓夢考證〉——改定稿）

既然「將真事隱去」，就必須有一部分虛假的情節來代替；這一部分「虛假」的情節，乃是用來發抒「真實」的情感。如果《紅樓夢》的時間假、地點假、人名假、情節假、連情感也是假的，那就不成其為一部好小說，更不值得費那麼多功夫來作考證研究的工作了。

當然，我這樣簡單的回答，讀者是不會滿意的；但如細作論述，將軼出本文的題旨以外；關於紅樓夢的主題以及曹雪芹為何「將真事隱去」的原因等等，容以後有機會時，另作研究報告以就教於讀者。

紅樓人物與曹家親戚

照我研究《紅樓夢》作者曹雪芹的身世的結果，我斷定曹雪芹生於康熙五十四年四月，是曹顒的遺腹子，也就是曹寅唯一的嫡親的孫子；《紅樓夢》中的賈政應是曹頫，算起來是曹雪芹的叔父。此一結論的證據有四：

一、生日正在初夏。

二、恰好十三歲。

三、賈政似周公旦。

四、第三十三回所透露的身分。讀者有興趣，請參閱《作品》雜誌一卷十二期和二卷一期的拙作。

其後胡適之先生供給我一條很重要的證據：曹雪芹有一個朋友叫張宜泉，著有《春柳堂詩集》，在雪芹死後曾作詩弔輓，詩中有一條小註說：「年未五旬而卒」。照我的算法，雪芹死年當四十八歲與「年未五旬」之語正合；因此，周汝昌執著於敦敏的那句詩：「四十年華付杳冥」，也就可以不辯了。

說起周汝昌，我跟他的考證結果正好相反，然而我不能不佩服他，蒐羅之富，用力之勤，都不可及。這位可敬的學人，現在不知道在大陸上那個角落裡做他的學非所用的工作，尤其在此大陸九億畝農田大災荒的今天，當我三杯落肚，一枝在手，悠然來談紅樓時，我真惦念他不知道今晚上吃些什麼東西？

張宜泉的「自註」，我將他列為「證據五」；這裡要談「證據六」，即是「北靜王」考。考出「北靜王」是何許人？以「北靜王」的年齡來印證曹雪芹的年齡。

曹雪芹的思想境界不夠高，這話是不錯的。在他窮愁潦倒之際，回顧「繁華舊夢」，最使他刻骨銘心，念念不忘的有兩件事，第一是清聖祖南巡六次，曹家接駕四次。中國的帝皇，自漢武以後，除了逃難，大都懶得出遠門；建都北方而巡幸江南的，算起來隋煬帝是一個，明武宗是一個，再以後就是清聖祖。其實明武宗也不能算是巡幸，他只是童心不改，自封「總兵」來打他叔叔宸濠，才到過江南；所以清聖祖南巡，不妨說是千年罕有的盛事，而曹家以「包衣」之賤，品秩之卑，只以曹寅與清聖祖的特殊關係，駐蹕其家四次之多，布衣家人都得以瞻仰御顏，這在帝皇時代，確是絕無僅有的榮寵。

第二件是曹雪芹的姑母嫁了平郡王訥爾蘇。曹家是正白旗包衣，「包衣」者滿語相當於家僕之義；正白旗與正黃旗、鑲黃旗並稱為「上三旗」，天子自將，所以正白旗包衣即是皇帝的家僕。至於平郡王屬於鑲紅旗，但訥爾蘇出於清太祖之後，是真正的天潢貴冑。這還不算，最難得的是，訥爾蘇是「鐵帽子王」。照孟心史先生的考據，清朝有八個鐵帽子王，他們與一般親王、郡王所不同的是，後者有降封之例，一代不如一代；前者則稱為世襲罔替，縱或某王因罪廢黜，但爵位仍然存在，皇帝必須從他本支的近親屬中，挑選一人襲爵，如做《嘯亭雜錄》的禮親王昭槤，照最近出版的清史記載；嘉慶二十年十一月，「以刑比佃丁欠租，削爵圈禁，以麟趾襲。」麟趾即是他叔叔永悫的兒子（因為昭槤無子）。唯一的例外，是咸豐十一年，「三凶」之一的鄭親王端華，革爵賜自盡，降世爵為不入八分公，沒落皇朝，多不遵祖宗「家法」，在雍、乾全盛時代，當不致如此。

最初的八個鐵帽子王，都是清太宗皇太極（清太祖努爾哈赤第八子）的兄弟子姪，爵名如下：

一、禮親王代善（太祖第二子）。

二、睿親王多爾袞（太祖第十四子）。

三、豫親王多鐸（太祖第十五子）。

四、鄭親王濟爾哈朗（太祖弟舒爾哈齊子）。

五、肅親王豪格（太宗長子）。

六、承澤親王碩塞（太宗第五子。後改封號為莊親王）。

七、克勤郡王岳託（代善長子。後改封號為延禧郡王，再改為平郡王）。

八、順承郡王勒克德渾（代善第三子薩哈璘之子）。

以上最可注意的是，八王之中，代善一支獨占其三，訥爾蘇即出於代善長子岳託之後。曹家以包衣的身分，竟有一女成為鐵帽子王的福晉（不是「側」福晉），且由皇帝主婚，自然也足以誇耀的了。

這兩點曹雪芹在下意識中自炫的光榮歷史，揉合在一起，就創造了「元妃」其人和「歸省」其事。但照《紅樓夢》書中來看，平郡王訥爾蘇似乎沒有如何了不起地照應過敗落的曹家，這可能是因為雪芹的姑母早死，關係疏遠了；更可能因為訥爾蘇在曹家抄家之前的半年（雍正四年七月），因舊賄案削爵，泥菩薩過江，無力再來照應岳家。

訥爾蘇削爵以後，由他的長子福彭承襲，福彭就是曹雪芹的親表兄。他在《紅樓夢》裡出現過沒有？是那一個？

黎東方博士在寫《細說清朝》的過程中，附帶替我注意到這方面的史料，他告訴我：「平郡王就是『北靜王』。」根據黎博士的意見深入研究，我認為他道破了真相，而且我還可以補充：只有平郡王福彭才是「北靜王」。

《紅樓夢》中把八王打了個對折，變成四王：「東平、南安、西寧、北靜。」四王中又以寫北靜的筆墨為多，第十四回：「賈寶玉路謁北靜王」，「……現今北靜王世榮年未弱冠，生得美秀異常，性情謙和；近聞寧國府家孫婦告殂，因想當日彼此祖父有相與之情，同難同榮，因此不以王位自居。……賈珍急命前面執事駐扎，同賈赦、賈政三人連忙迎上來以國禮相見。北靜王轎內欠身，含笑答禮，仍以世交稱呼接待，並不自大。……」這一段中，說「祖父有相與之情」，說「世交」；已點出關係不同，最有意味的特著「以國禮相見」五字，暗示「國禮」以外，還有親屬之禮，不過身分懸殊，不敢以親禮相見而已。

其次——也是最主要的部分，是年代和年齡的問題。《紅樓夢》第十四回，在實際年代中相當於那一年？其時福彭應該幾歲？是否「年未弱冠」？

福彭生於康熙四十七年，這有曹寅該年七月十五日的密摺：「再臣接家信，知鑲紅旗王子已育世子」可證（雪芹姑母嫁訥爾蘇在康熙四十五年）。「年未弱冠」作十九歲論，則此時當雍正四年，但十四回的事蹟，發生在春天，其時福彭尚未襲爵，曹家亦未回北，無由相見，所以「賈寶玉路謁北靜王」至早應在雍正六年，或七年，「年未弱冠」不宜死看作未超過二十歲，應以二十歲左右論。

那麼第二個問題就來了，雍正六、七年間，是否只有一個二十歲左右的鐵帽子王，如有兩個以上，即不能斷定「北靜王」就是平郡王。

為解決這個問題，我先製一個簡明的八王世系表，檢查結果在雍正年間襲爵的計有：

一、胤祿——聖祖第十六子，雍正元年出嗣為博爾鐸之後，襲莊親王。
二、熙良——雍正十一年襲順承郡王。
三、巴爾圖——雍正十二年襲康親王（即禮親王系，乾隆四十三年改回原封號）。

四、福彭——雍正四年襲平郡王。

以上一、二、三年份皆不合，年齡我查過，亦皆不合。可以說雍正五、六年間，八王之中祇有剛襲爵的福彭，是二十歲左右。

周汝昌說：平郡王福彭實是《紅樓夢》中的「東平王」。他並未說理由，猜想起來必由「東平」的「平」字而來，如是，他就跟著於「四十年華」的「四十」兩字，犯了同樣的毛病。其實照我看，「東南西北，平安寧靜」八字，無非托出一個四海昇平的「平」字而已。此外還有一處可注意：《紅樓夢》第十四回說：「原來這四王，當日惟北靜王功最高，及今子孫猶襲王爵」，要說八王中功勞最高的，首先數睿親王多爾袞，但多爾袞無子，直到乾隆四十三年，才以已死的多爾博（多鐸子）嗣為多爾袞後，所以細考史料，此處所謂「功最高」，實指當初代善率其子岳託與薩哈璘對太宗的擁立之功，代善一支能在八王中獨占其三，酬庸之厚，不正說明了功勳之高？

以上確定了「北靜王」即是平郡王福彭，那麼，我們就可以用福彭的年齡來印證曹雪芹的年齡。

照《紅樓夢》看，「賈寶玉路謁北靜王」時，一個十二、三歲，一個「年未弱冠」，兩者年齡的差額約六、七歲。

在實際情況中福彭生於康熙四十七年，曹雪芹生於康熙五十四年，相差七歲，正合。

如果與周汝昌的論斷，說曹雪芹生於雍正二年，那麼十二、三歲的曹雪芹，就不可能見到二十歲左右的福彭。同時，十四回的事蹟將移至雍正末年，而福彭在雍正十一年七月為「定邊大將軍」伐噶爾丹，根本不在「京師」，曹雪芹亦並沒有機會能見到他。

總之，曹雪芹生在康熙五十四年，在目前是我深信不疑的；但是，我並無成見，理愈辯則愈明，我希望我的六個證據，得到嚴格的考驗，也就是說，希望能夠發現反面的證據來作比較的批判。

寫到這裡，也許會有看過我在《作品》雜誌上發表的，〈曹雪芹年齡與生父新考〉（上篇「抄家前後」；下篇「賈政寶玉假父子」）的讀者會問我：「你說：『是曹顒的遺腹子，就必定生於康熙五十四年，一而二，二而一』，那麼，現在你對曹雪芹的年齡雖有了兩個新的證據，但不知對遺腹子之說，亦有新的證據否？」

我的回答是：「我有了一個有趣的發現。」可惜，這個發現，對我還只是一種曙光，尚未能大白真相。話雖如此，這個發現確是很有趣，我跟讀者既然不是嚴肅地在討論學術上的問題，那就無妨提出來閒談。

在我的「證據三」、「證據四」中，已說明了，賈母、賈政、寶玉之間的關係，可用三句話概括：「祖孫真，父子假，母子似真還假。」雪芹（寶玉）是李氏（賈母）嫡親的孫子，此之謂「祖孫真」；曹頫，（賈政）是雪芹（寶玉）的堂叔，此之謂「父子假」；曹頫又是清聖祖作主，出繼為曹寅李氏夫婦的嗣子，此之謂「母子似真還假」。

在這三代的關係中，不能不予以明白位置的，還有一個王夫人。照《紅樓夢》中的描寫來看，賈政與寶玉之間缺乏父子之情，但是王夫人與寶玉則絕不像是嬸母與姪子間的感情，確確實實是慈母之與愛子的光景。

曹雪芹的生母，也就是曹顒的妻子，姓馬。這見之於曹頫的奏摺，絕無可疑。因此我曾作一個大膽的假設：「王夫人或係雪芹之母馬氏。南京建都，始於東晉，王敦、王導兄弟大用，當時有『王與馬共天下』之謠，馬氏假托為王夫人，疑本此而來。」

馬家與曹家如何結親？以周汝昌搜羅材料之豐，對此點亦未能有所發現。照我的推想：馬家大概是：

一、旗人。彼時雖不禁滿漢通婚，但習俗上仍有嚴格的界限在。

二、可能也是「包衣」，並且也當著內務府的闊差使，這才門當戶對。

三、跟曹家一樣，落籍在南京。南京姓馬的很多。

四、可能是回教。

於是，我請人去查雍正十三年所修的《八旗滿洲民族通譜》，把康熙末年雍正初年姓馬的旗人的職名都抄了來。其中有一條：

> 馬氏　馬偏額
>
> 正白旗包衣人，世居瀋陽地方，來歸年份無考，原任郎中兼佐領。其子桑格，原任吏部尚書；費雅達，原任陝西潼關鎮總兵；馬二格原任郎中兼佐領。孫馬維品原任副將……

這一條中，我有一個極富價值的發現，原來桑格的本姓是馬（漢姓旗人，取滿名以媚其主，與本省日據時代，有極少數的人取日本名字是一樣的道理），桑格當過江寧織造，所謂「吏部尚書」，應是贈銜，猶之乎曹寅的父親曹璽，也曾封贈「工部尚書」。

不僅此也，我還發現桑格的父親馬偏額，也曾當過織造。織造在明朝由太監管理，順治五年差戶部司員管理，到了順治十三年，前明遺留下來的，以吳良輔為首的宦官集團，企圖恢復原有權力，改設內十三衙門，織造亦改為一年一更代，十五年改為三年一易任，順治十八年正月，清世祖崩，罪己的遺詔中，有一款就說，對宦寺「委用任使，與明無異，致營私舞弊，更踰往時，是朕之罪一也。」同年二月間，革去內十三衙門；織造亦由康熙二年起，定為專差久任。蘇州及江寧兩織造，自順治十三年起，人選如下：

蘇州織造	
馬偏俄	順治十三年任
鄭秉忠	順治十三年任
李自昌	順治十四年任

馬偏俄	順治十五年任
法哈	順治十八年任
衣色	康熙元年任
納泰	康熙二年任
馬偏俄	康熙二年任
陳武	康熙四年任
（中略）	
曹寅	康熙二十九年任
李煦	康熙三十二年任
胡鳳翬	雍正元年任
江寧織造	
曹璽	康熙二年任
桑格	康熙二十三年任
曹寅	康熙三十一年任

曹顒	康熙五十二年任
曹頫	康熙五十四年任
隋赫德	雍正六年任

對上列簡表，我可作四點說明：

一、馬偏俄即是馬偏額，俄、額北音相似，官書記載旗人姓名、常有音同字異之誤，如薩哈璘亦作薩哈連，即為一例。

二、馬偏額桑格父子，相繼為織造，跟曹家一樣，亦可稱為織造世家。

三、馬家與曹家同為正白旗包衣，同於康熙二年派為專差久任的織造。其時，內十三衙門的興革，可看作滿清新興貴族與造成明朝亡國的宦官集團的一次尖銳的政治鬥爭，結果，勝利屬於新興貴族方面，而其役使的上三旗包衣，組成了內務府取代宦官集團的權力，曹璽脫穎而出與馬偏額的再任織造，乃是一次維護皇室權利的新的部署，彼此應有相互支援的義務，所以不同於一般寅僚的關係。乃至於康熙四十五年，猶有口傳上諭：「三處（江寧、蘇州、杭州）織造，視同一體，需要和氣。若有人行事不端，兩個人說他：改過便罷，若不悛改，就合參他。」可參證。

四、如織造之類的差使，承辦皇室特殊的供應，有許多非戶部及內務府所能過問，亦不能向戶部及內務府報銷的收支項目，而當織造的人，亦便可從中舞弊，因此前後任的交接，關係極大，江寧織造自康熙二十年起，曹璽、桑格、曹寅輪番接替，在微妙的交接過程中，建立了特殊親密的感情，是非常可能的事。

如上所述，馬家的情況，正符合我所推想的作為曹家的姻親的條件。所以我的假設是：桑格是馬氏（王夫人）的父親，也就是王鳳姐的祖父。

《紅樓夢》第十六回，鳳姐跟賈璉的乳母趙嬤嬤談「當年太祖皇帝仿舜巡的故事」，她說：「我們王府裡也預備過一次，那時我爺爺專管各國進貢朝賀的事，凡有外國人來，都是我們家養活，粵閩滇浙所有的洋船貨物都是我們家的。」照此一段話看，桑格也曾辦過接駕的差使，但是我們要問，他是以什麼資格來辦差的？所謂「專管各國進貢朝賀的事」，又是什麼職位？

其時接待「洋船貨物」的國際賓客，大都由海關兼管，康熙年間各海關差使，都差部員輪管，我查過《福州通志》和《江南通志》，並沒有姓馬的人，擔任過閩海關和松江海關的主管。同時，清聖祖南巡駐蹕之處，大都有行宮之設，由地方官員辦理供張，只有揚州由鹽商報效，江寧由織造預備，這都是特例，一個管海關的部員，似乎也沒有資格承辦接駕的大差使。

但是，馬家確曾接過一次駕，那就是康熙二十八年，桑格在江寧織造任內的事。清聖祖南巡六次，都到了江寧，除第一次以將軍署為行宮外，其餘五次都駐蹕織造署，後四次在曹寅任內，第二次在桑格任內，曾接見西洋教士畢嘉，洪若；方豪教授曾著有〈康熙時曾經進入江寧織造局的西洋人〉一文，收入《方豪文錄》。鳳姐所說的「我們王府裡也預備過一次」，正是康熙二十八年的這一次。

我所說的「有趣的發現」，就是這兩點，第一、桑格本姓馬；第二、鳳姐所說的「預備過一次」，並非瞎吹。然則，家世相類，行輩相符，接駕之說有徵，我們似乎可以假定馬氏的娘家，就是馬偏額家了。

此外，我亦做過旁證的工作，所謂「京營節度使王子騰」，不知道影射何人？馬家最大的武官，是桑格的弟弟費雅達，《八旗滿洲氏族通譜》說他是「陝西潼關鎮總兵官」，但我查《清朝文獻通考》，潼關是「協」非「鎮」，只該駐副將，不該駐總兵。此外《通志》謚法內，有個費雅達，贈太子少保左都督，世襲雲騎尉謚忠勇，《清史稿》內則有打王輔臣殉職的費雅達，兩者當係一人。但是其事在康熙二十年前，年份太早；同時王子騰是王夫人之兄，而費雅達應是馬氏之叔，行輩亦不合。這些史料都只可算是線索，尚待進一步的考據。《中央圖書館善本書目》內，有一部《馬氏族譜》的孤本，現藏台中，如果能讓我過目，或許有所發現也未可知。再有就是王夫人的飲食習慣，如果合於回教的禁例便亦可證明她就是馬氏。凡此都需要內行下功夫去分析，才能得到正確的結論。

我對這個問題之發生興趣，一方面固然是為了考定曹雪芹的年齡；另一方面由於《紅樓夢》中所說的，賈史王薛四家，「皆連絡有親，一損俱損，一榮俱榮」，如果把這四大家族考證明白，不但《紅樓夢》的整個背景豁然呈露，同時對於當時的特權階級的成因與作用，以及在政治上所發生的影響，皇室如何榨取民脂民膏等等，亦可明瞭，多少可以幫助我們對愛新覺羅皇朝的興衰，得到較多的理解。

談得不少了，暫且打住罷！

曹雪芹生平

曹雪芹，名霑，又字夢阮，自號芹溪居士。生於清康熙五十四年四月中旬，歿於乾隆二十八年除夕（一七一五—一七六三），享年四十八歲。他是一個遺腹子，在他出生時，他的祖父曹寅剛死了三年，父親曹顒才死了四、五個月；一下地就是熱孝在身，所以取名霑、字雪芹，霑有兩義，一是霑恩，曹家其時正遭遇嚴重的家難，幸虧康熙特加眷顧，才得化險為夷；二是霑淚，自然是哭父——「雪」者雪涕，亦取義於「麻衣如雪」，身有喪服。

曹家是旗籍漢人，隸屬正白旗包衣。「包衣」是滿洲話，直譯為「家裡的」，意譯就是「家奴」。清太祖努爾哈赤創業之初，採取戰鬥與生活合一的組織方式，所部子民編為八旗，分由其子姪統馭；掠來的漢人亦分配各旗，編為「包衣」。八旗中清太宗皇太極獨得正黃、鑲黃兩旗；正白旗原為多爾袞所有，多爾衮死後獲罪，正白旗收歸天子自將，因此，正黃、鑲黃、正白三旗，稱為「上三旗」。而上三旗的包衣，奴以主貴，成為皇帝的家臣，受理組織「內務府」，主管宮廷庶務與皇帝私事。上三旗包衣中，尤以正白旗包衣勢力最大，因為他們是跟著多爾衮首先入關的，優先接收了許多好差使。

曹雪芹的曾祖父曹璽，在康熙二年外放「江寧織造」，做了二十年，死在任上。到了康熙三十一年，曹璽的兒子曹寅，由蘇州織造調任江寧，也做了二十年。這二十年，是曹家最闊的時期。

江寧、蘇州、杭州三織造，名義上是內務府所管轄的衙門，掌管宮廷所用綢緞的紡織；但實際上由於康熙的運用，成了皇帝個人的一個情報站，或者私人辦事處，另有許多向皇帝直接負責的秘密任務。康熙賦予曹寅的秘密任務，除了監察江南大吏，訪求民隱以外，另有一項獨特而重要的工作，就是籠絡江南的高級智識分子，無形中消弭他們的「故國之思」。滿清皇朝，要等三藩之亂削平，才算站住腳；而要長治久安，則非全力爭取民心不可。康熙以獎進並曲護循吏來替他做爭取民心的下層工作；而上層民心的爭取，則由他親自領導，他一方面崇尚理學，一方面優容文人，如東巡闕里、謁孔廟、覽聖跡、特開經筵，禮數的隆重、情意的殷摯，確是可以使得全國讀書人聞風傾心的。當然，他的這份工作，有許多助手，曹寅就是其中之一；僅由清初名家詩文集中，與曹寅酬唱的頻繁這一點來看，可知他是圓滿達成了康熙所交的任務。

此外，曹寅的母親為康熙的保母；而他本人二十歲以前，又在與他年齡相仿的康熙御前當差，這種種公與私的關係加在一起，而且保持密切接觸至數十年之久，自然而然地造成了康熙與曹寅在君臣以外的一種特殊情誼，因而曹寅所受的恩寵，異乎尋常，其中與《紅樓夢》最有關係的，是此二事；第一、康熙六次南巡，皆到江寧，五次駐蹕織造署，而四次在曹寅任內；也就是說，曹寅曾四度作皇帝的東道主。第二、康熙作主以曹寅的長女許配平郡王訥爾蘇。訥爾蘇為代善長子岳託之後，是清初「世襲罔替」的八個「鐵帽子王」之一，其時為正紅旗主；天潢貴冑，尊榮非凡，與包衣的身分有霄壤之別，但以皇帝的「指婚」，竟結成親戚，實為異數。這兩項曹家足以誇耀儕輩的經歷，摶合變化，在曹雪芹筆下，便創造了「元妃」其人，「省親」其事。

康熙五十一年，曹寅以瘧疾去世；康熙命曹寅的兒子，十九歲左右的曹顒襲職。五十三年冬，曹顒隨其舅父李煦進京，得病亡故。此為曹家極嚴重的家難，三年之間，父子雙亡，而且還虧欠公款，必須變產清償；直到了所謂「家破人亡」的絕境。幸好康熙仁厚，特命曹顒的堂弟曹頫，出繼為曹寅的兒子，並承襲織造的差使；同時又命兩淮鹽運使李陳常，代完曹顒的虧空。這曹頫，大致就是《紅樓夢》中的賈政。

曹頫襲職以後，境況大不如前；他本人少不更事，被康熙稱為「無知小孩」，不過承襲餘蔭，勉保職位而已。到康熙崩逝，雍正即位，全力整飭吏治；像曹頫這樣的官吏，自然是在被淘汰之列。於是到了雍正五年年底，曹家因虧欠公款抄了家。第二年曹頫攜眷回京，這時曹雪芹是十三歲。

從曹雪芹十三歲到三十出頭，這二十年的生活，也就是曹家回京的情形，已無法考查。但可以確定的是境況一年不如一年，飽經炎涼世態，而且雖有一門闊親戚，似乎也未能得到照應。曹家是包衣的身分，雍正、乾隆的諭旨中，屢有「包衣下賤」的字樣；同時雍正為了貫徹「國無二主」的目標，對於整飭八旗紀律，限制八旗交往及分化旗主與屬下的關係等等措施，推行甚力；則以獲罪回京歸旗的包衣人家，淒涼冷落，無人存問，也是可想而知的。

大概在乾隆十四、五年，曹雪芹三十四、五歲的時候，他曾在作為宗室教育機構的「右翼宗學」，做過「管理員」之類的小職員。在那裡，他結交了比他小十幾歲到二十歲的敦敏、敦誠兄弟；據他們詩文集中的記載，約略可以想見曹雪芹的儀容風采，他的體格似乎很魁梧，健談，飲啖甚豪，不修邊幅；能詩善畫，但不甚精。性格狂放，落拓不羈，但顯然的，他是個熟透了人情世故的人。

在「右翼宗學」時代，曹雪芹就已開始了《紅樓夢》的寫作；以後搬到香山正白旗健銳營，境況愈窘，但對於寫作《紅樓夢》的興趣，始終不減。至今香山門頭村，還遺留著關於曹雪芹的傳說。「紅學」專家之一的吳恩裕，曾根據實地的訪問，寫成〈記關於曹雪芹的傳說〉一文，收入其所著的《有關曹雪芹十種》。傳說中的曹雪芹，曾當過「內廷侍衛」，後來到「右翼宗學」當「瑟夫」（按：似應「師傅」）；乾隆十六年搬到香山，住在正白旗營房，專心寫紅樓夢。有個犯了罪，撥歸鑲白旗健銳營來住的「鄂比先生」，與曹雪芹結成莫逆之交；常在一起聊天喝酒。那時曹雪芹的生活，全靠每月四兩銀子；每季一擔米的餉來維持，敦敏、敦誠弟兄，也偶爾有所接濟。他極貪杯，用賣畫的錢來買酒喝。

在正白旗住了四年，他的元配妻子就死在那裡。乾隆二十年春天大雨，住房倒塌；鄂比幫他在鑲黃旗營的碉樓下找到兩間房；其時生活越發窮困，全家經常吃粥。可是他的創作慾卻愈來愈旺盛，隨身帶著紙筆，去到那裡寫到那裡；聽見別人談話中有好材料，隨時就記下來。

有時與朋友飲酒吃飯，忽然創作慾衝動，會突然離席回家，埋頭寫作。又常常一個人在路上徘徊構想，對於熟人招呼，視而不見，因此被人叫作「瘋子」。了解他的，只有鄂比以及偶或來探望他的敦敏、敦誠。

在鑲黃旗營，曹雪芹續了絃，新婦不識字，自然也不能欣賞曹雪芹的作品。新婦生了個兒子，乾隆二十六年秋天，得了喉疾「白口糊」，死在中秋。曹雪芹晚年喪子，加以境遇坎坷，因而縱酒得病；到除夕那天也死了。父子兩人，一個死在除夕，一個死在中秋，占了兩個「絕日」，常為人資作談助；這是曹雪芹的故事，能在香山門頭村流傳了兩百年的原因之一。

曹雪芹一死，新婦一籌莫展，唯有痛哭。同院住的一位老太太，常常照應他家，這時又來幫忙，她對曹雪芹的繼婦說：「他活著的時候待你那麼好，他死了你連個紙錢都不燒給他。」於是拿起桌上整疊的紙，剪了許多紙錢給他燒了。

正月初一，鄂比給敦敏兄弟報了喪，替曹雪芹料理後事；葬在本旗義地地藏溝。送葬回來，在路上看見紙錢上有字，拾起一看，竟是《紅樓夢》的底稿，趕緊沿路撿拾，包回曹家細看，才知是《紅樓夢》後四十回的原稿，讓那位老太太剪成紙錢了。又在曹家抽屜裡發現前八十回的原稿和一百二十回的目錄。鄂比曾經發願想續成後四十回，苦於才力不夠，數年未成，後來是他的繼子高鶚，為他完成了宏願。

這個傳說，有幾分可靠，誰也無法斷言。但就可靠的材料與當時的政治背景來印證，竟找不出這個傳說中，有何不合於實際情形的疑問。

關於《紅樓夢》的本身，自胡適先生的考證發表以後，澄清了蔡元培先生所主張的「寓言說」的誤解，但不幸又引起了新的誤解，以為《紅樓夢》是曹雪芹的自傳，所以大部分的考證，流於瑣碎穿鑿，對《紅樓夢》的文學上的價值及作者在創作過程中所下的苦心，反而缺乏深入的瞭解；這是因為那些「紅學」專家，多無小說創作經驗之故。這裡根據我對當時政治環境、曹雪芹的心理、文藝創作法則，以及對《紅樓夢》本身的研究和瞭解，提出我的看法如下：

一、《紅樓夢》是一部偉大的文藝創作，不是一部傳記文學。真人實事，在曹雪芹只是創作素材，經過他分解、剪裁、揉合，重新塑造為另一個人、另一件事；因此，我們可以說，書中某一個人有某一個人的影子，卻不能說，某一個人就是某一個人。

二、曹雪芹出生，已在曹家盛極而衰以後；因此，全盛時代的曹家的種種「繁華夢」，他只是得諸耳聞。他以遺腹子而為承重孫，在特重血胤關係的倫理觀念支配之下，從小受祖母寵愛，固然可想而知；但《紅樓夢》中的賈寶玉的生活，並不就是他十三歲以前的生活——他父親曹顒，才可能有那樣豪奢的飲食起居。

三、《紅樓夢》中的許多穿插，是曹雪芹回京以後的見聞或體驗，如秦可卿的喪事，可能是當時京裡某一王公府第發生的實況；而「家學」中的種種醜態，當是他本人在「右翼宗學」的所見，因為曹家雖闊，在南京亦只是曹寅本支寄寓，不可能有那種巨族的排場。所以，《紅樓夢》絕不可當作曹氏的家傳來讀。

四、但《紅樓夢》中確實寫了曹家的若干真實人物，這須從「脂批」中去研究。據我的瞭解，《紅樓夢》在全稿未完成前，曹氏家族在寫作上曾經有所參預，而「脂批」中的「畸笏」，可能就是曹頫；所以就某一意義言，《紅樓夢》亦可說是集體創作。

五、《紅樓夢》的寫作過程，相當紊亂複雜，是一面寫作，一面傳抄，一面修改；修改的原因，或者是根據他人的意見，或者是作者自覺未善。而寫作或修改，又非從頭到底，循序進行，大致視客觀條件為轉移，譬如某一部分材料到手；或者某一部分抄稿經人批閱後先送回；甚至某一部分讀者希望先看到某一部分，都成為促使作者變更正常寫作程序的原因。

六、曹雪芹對《紅樓夢》是先談後寫。他周圍有一部分親友，經常在等著他的稿子看；此為曹雪芹得以長期保持旺盛的創作興趣的一個主要因素。

七、《紅樓夢》之所以成為最偉大的寫實主義的小說，是因為《紅樓夢》中的一切，雖非全出於曹家，但確為當時貴族生活的忠實寫照；寫出一種必然的沒落的趨勢。曹雪芹不為那種生活辯護，或悻悻然意有不滿；但深刻地表現出一種「夕陽無限好，只是近黃昏」的無可奈何的惋惜、悵惘和淒涼。這是他人的最不可及的地方。

曹雪芹和他的小說，被人談得最多，被人瞭解得最少。在文學的領域中，研究《紅樓夢》的工作，尚待重新出發。

我看〈中國文學史上一大公案〉——談乾隆手抄本百廿回《紅樓夢》稿的收藏者

趙岡教授談〈中國文學史上一大公案——關於乾隆手鈔本一百二十回《紅樓夢》稿〉，發表於一月十七日聯副，謂此稿本曾經徐嗣曾收藏，不確！據趙文知聯經出版公司影印此稿，其原本收藏者為楊繼振；請從楊繼振談起。

趙文：「楊繼振，字又雲或幼雲……隸內務府鑲黃旗，即上三旗包衣人士。」又引褚德彝《金石學錄續補》：「楊繼振，字幼雲，漢軍鑲黃旗人，工部郎中，收集金石文字，無所不精，于古泉幣，收藏尤富。」又謂：「楊繼振著有《星風堂詩集》及《五湖煙艇集》。」蓋有兩誤：楊繼振為漢軍，絕非包衣，清朝內務府，最初固為上三旗包衣所組成，但內務府世家不必盡為包衣，自順治入關後，漢人而入旗者，皆為漢軍，不稱包衣。從各種跡象來看，楊繼振絕非包衣而為漢軍；此非幾句話可以解釋得清楚，亦與這一重「公案」無太大關係。姑從略，此其一；楊繼振藏書之所，名「星鳳堂」而非星「風」堂，此其二。

漢軍或用兩名，遇漢人則冠漢姓，遇旗人則避漢姓，故楊繼振又名繼振。《三十三種清代傳記綜合引得》有繼振而無楊繼振；其傳見《清畫家詩史》。手頭無此書，未能引錄。

中華版《中外人名辭典》作楊繼振：「清陽湖人，字幼雲，愛藏書，數十萬卷，卷帙精整，標識分明。」最後八字為楊繼振所自道；則敘其為陽湖人，亦可信其確有所本，後面還要談到，此處不贅。

葉昌熾《藏書紀事詩》卷六，楊繼振條下有按語：「春宇先生諱宜振，漢軍鑲黃旗人，道光乙巳恩科進士，工部侍郎。同治乙丑視學江蘇，昌熾以童子受知幼雲先生，不獨藏泉最富，金石圖書亦皆充牣，近漸散佚，昌熾得其奇零小種，藏印纍纍，每冊有『楊』字圓印，『石箏館』、『猗歟又雲』印；兩紙黏合處，有

『雪蕉館』騎縫印，卷首有長方巨印，其文曰：『予席先世之澤，有田可耕，有書可讀，自少及長，嗜之彌篤；積歲所得，益以青箱舊蓄，插架充棟，無慮數十萬卷，暇日靜念，差足自豪。顧書難聚而易散，即偶聚於所好，越一二傳，其不散佚殆盡者，亦鮮矣！昔趙文敏有云：『聚書藏書，良非易事。善觀書者，澄神端慮，靜几焚香，勿捲腦，勿折角，勿以爪侵字，勿以唾揭幅，勿以作枕，勿以夾刺』。予謂吳興數語，愛惜臻至，可云篤矣！而未能推而計之於其終，請更衍曰：『勿以鬻錢，勿以借人，勿以貽不孝子孫！星鳳堂主人楊繼振手識，並以告後之得是書，而能愛而守之者。』又題後云：『予藏書數十萬卷，率皆卷帙精整，標識分明，未敢輕事丹黃，造劫楮素……』」又引敘：「鮑康為繼幼雲跋幣拓冊子：『春宇同年之弟幼雲，與余有同癖，壬申解組旋都下，聞幼雲收藏益富。』」

按：宜振為道光二十五年乙巳恩科的翰林：同榜有於同光政局絕大關係的兩人，即文祥與閻敬銘。宜振於同治三年四月升補為工部右侍郎，正為文祥隱主朝局之時；次年冬外放為江蘇學政，至十一年秋返京，回任工右，光緒五年正月調戶部右侍郎，七年四月病免。

以上所引資料，可以約略歸納出楊繼振的經歷行蹤：

一、楊繼振當其兄放江蘇學政時，是在江南。葉昌熾所謂「以童子受知幼雲先生」；當是昌熾以童生赴考，而繼振佐其兄閱文，取中昌熾。

二、楊繼振做工部郎中，當在宜振外放之時。因為兄為本部堂官，弟須迴避，即不能為本部司官。度繼振北返，當在同治五、六年時；鮑康於同治十一年（壬申）到京「聞幼雲收藏益富」，可決其此時在京。

三、當宜振回任後，繼振又須迴避，即或居官，亦為閒曹，而非必須常到衙門的司官。所以鮑康〈戲柬繼幼雲〉詩，有「翩然塵海兩閒鷗」之句。

四、葉昌熾《藏書紀事詩》，前六卷脫稿於光緒十六年前；而星鳳堂藏書已漸散佚，自是繼振已下世的明證。

我作上述分析，意在為研究楊繼振及其所藏此《紅樓夢》稿本者，提供線索：

一、《中外人名辭典》說楊繼振為陽湖人，必無誤。繼振自述，「席先世之澤，有田可耕，有書可藏」以及「益以青箱舊蓄」等語，在在證明其出身書香世家；而《紅樓夢》稿本上鈐有「江南第一風流公子」印，更明明道出原籍。按陽湖即常州，明朝末科狀元（崇禎十六年癸未）楊廷鑑常州人；子大鯤、大鶴，於順治十六年、康熙十八年先後入詞林；大鯤一孫，亦為翰林，大鶴之後，尤為出人頭地。一子祖楫為康熙五十一年壬辰翰林；另一子椿，字農先，後其兄六年成進士，楊椿工古文，少為姜宸英、朱彝尊所賞識；後為李紱、方苞所推服，雍正及乾隆初在史局二十餘年，著作極富，其子名述曾，字二思，乾隆舉鴻博，官至侍讀學士，主修《通鑑輯覽》，垂成而卒。楊繼振疑即此楊家之後；至於如何入旗，尚待細考。

二、與楊繼振同時的藏書家，有劉位坦父子，位坦字寬夫，順天府大興人，是「天子腳下」的土著，因得河間獻王君子館甎，名其書齋為「君子館甎館」，又名「甎祖齋」家居京師後孫公園。所以題一門聯：「君子館甎館，孫公園後園」。位坦子銓福，字子重，亦好藏書。適之先生的「寶貝」，甲戌本《紅樓夢》，即為劉銓福舊藏，劉氏父子與楊繼振同時同地同好，同為縉紳中人，應無不相識之理；然則既同有《紅樓夢》異本，自亦無不相互借閱校勘之理。兩者曾有何淵源，不妨探索。

關於徐嗣曾，趙文中說：

周春在其《閱紅樓夢隨筆》中則說有人親自讀到這套全本《紅樓夢》。周春之文如下：

「乾隆庚戌秋，楊畹耕語余云，雁隅以重價購鈔本兩部：一為《石頭記》，八十回，一為《紅樓夢》，一百廿回，微有異同，愛不釋手，監臨省試，必攜帶入闈，閩中傳為佳話。」

周春，浙江海寧人，字菴芚兮，號松靄，黍谷居士，生於雍正七年，卒於嘉慶二十年，中過進士，是一位淵博的學者，上述那條記載是書於甲寅（一七九四）中元日，庚戌是一七九〇年，此年以前最後一次鄉試是一七八八年。楊畹耕買到兩部鈔本的時間，應該更早一點。

誰都可以看得出來，趙文犯了一個不可原諒的錯誤，明明是「雁隅」其人以「重價購得鈔本兩部」，何以張冠李戴說「楊畹耕買到兩部鈔本」？

趙文中又說：

據我查證，楊畹耕即是徐嗣曾，乾隆二十八年進士，累遷福建布政使，五十年（一七八五）擢巡撫，五十六年病卒於山東行次。《福建通志》中有其任官紀錄，但名下註：「榜姓楊」。《清史》卷三百三十三有傳云：

「徐嗣曾，字宛東，實楊氏，出為徐氏後，浙江海寧人。」

此人與周春是海寧小同鄉，前後中式，應該是相當熟的朋友，徐嗣曾本姓楊，畹耕可能是早期的字或號，他中進士後才改徐姓，故榜上仍姓楊，乾隆五十二年，因清兵溺斃案，下吏議，赴京，事既定，於五十三年返福建原任。想來這兩部鈔本是他在北京打官司那段期間買得者；乾隆五十三年各省有鄉試，按清朝考試制度，應由當地巡撫出任鄉試監臨，於是徐嗣曾便於該年鄉試攜帶《紅樓夢》入闈，閩中傳為佳話。五十五年秋，台灣生番首領為了高宗八旬萬壽，自請赴京祝嘏，嗣曾奉旨率生番首領前往熱河行在瞻覲，想來徐嗣曾是在赴京途經蘇州時，才把有關《紅樓夢》這段佳話告訴了周春，這些事都發生在程甲本問世以前。

說楊畹耕即是徐嗣曾，趙文必有所本，可以不論；但果如所云，我可斷言，徐嗣曾絕未收藏過這兩部一名《石頭記》、一名《紅樓夢》的鈔本。因為趙文所考證的徐嗣曾的經歷，與事實大有出入。

事實如何呢？第一，乾隆五十二年徐嗣曾根本不曾赴京「打官司」，所以，第二，即無所謂「於五十三年返福建原任」；然則，第三，「這兩部鈔本是他在北京打官司那段期間買得者」，即是毫無根據的空想，再說第四，康熙五十三年雖逢大比之年，而徐嗣曾並未入闈監臨；於是，第五，「徐嗣曾便於該年鄉試攜帶《紅樓夢》入闈」之說，亦成子虛；還有，第六，如果徐嗣曾曾與周春相晤，地點應該在海寧，而非蘇州，最後還有個無關宏旨的第七，徐嗣曾死在乾隆五十五年，而非五十六年，這一點連《清史稿》都錯了；《清史稿》本傳：「五十五年……命率詣熱河在瞻覲。十一月回任，次山東臺莊，病作，遂卒。」其實，徐嗣曾是死在這年十月而非十一月。

先談第一點，徐嗣曾擢巡撫的第二年有林爽文之亂，「調浙江兵經延平吉溪塘，兵有溺者，嗣曾坐不能督察，下吏議。」（見《清史稿》本傳）按：「下吏議」者，交吏部議處，並未實令徐嗣曾赴京，所謂「坐不能督察」，即為「失察」，亦非重罪；即為重罪，按清朝的規制，是派大員馳赴福建查辦。除非天子親鞫，或必須兩造對質，而非特簡親藩按問，不能定其是非者，才會召令督撫赴京。

林爽文之亂，至乾隆五十三年二月平定。其時閩浙總督李侍堯、常青皆駐廈門、泉州，為福康安辦後路糧台；總督專管軍務，則民政自須巡撫負其全責，亦絕不可能召徐嗣曾赴京，且逗留經年之久。

王氏《東華錄》乾隆五十二年十二月上諭：「徐嗣曾本係漢員由科甲出身，朕因其辦理地方事務，尚能循分妥協，是以擢用巡撫。朕平日信任委用，原非若福康安、李侍堯可比；但以柴大紀如此款蹟昭然，在浙江既有聲聞，福建自更有物議，徐嗣曾豈毫無聞見者？著該撫即將柴大紀各款蹟詳晰查明確實，並此外有無別項劣蹟。一併據實參奏，該撫已往之咎，朕已不加深究；今經特旨詢問，若再有徇隱之處，則是自取罪戾，恐不能再邀曲貸！」此諭十分明白，「溺斃清兵案」已邀曲貸，而其時徐嗣曾人在福建，並非在京。

徐嗣曾既未赴京，則回任之說，不攻自破。茲更一考徐嗣曾乾隆五十三年一月至八月的蹤跡；僅據王氏《東華錄》可知：

一、乾隆五十三年正月，命徐嗣曾接辦台灣郡城、嘉義等處改建石城垣事宜。

二、同月，命在台灣為福康安建生祠；後知即由徐嗣曾董理此事。

三、五月，福康安、徐嗣曾會奏，審問柴大紀經過。

四、七月，福建藩司伍拉納補授河南巡撫，但以「徐嗣曾見在台灣承辦城工諸事，其巡撫事務係伍拉納護理」，特命俟「徐嗣曾回至內地後」，伍拉納再赴河南新任。

五、八月，徐嗣曾奏報，興建福康安生祠事宜，特命「李侍堯、徐嗣曾著准其一體列入」，並親定木牌位置，徐嗣曾居左三。

如上所述，徐嗣曾這年一直到八月都在台灣，則鄉試在省城，徐必不在闈中，鄉試臨監雖為巡撫的專責，但如巡撫因故不能入闈，亦可由總督、學政或藩司代理。「雁隅」不知何人，看字面是個別號，查《別署通檢》並無此名；如果有心追索，就當時夠資格入闈監臨的閩中大員或閩籍人士的詩集中，細加搜檢，當有所得。

關於徐嗣曾在乾隆五十五年入覲一節，王錄所載，亦甚明白。是年三月初上諭，台灣獅仔等社生番頭目一十二名均願赴京叩祝萬壽，著徐嗣曾帶同，務於七月二十日以內，前赴熱河。

同年十一月初一記：徐嗣曾卒，調浦霖為福建巡撫。按徐嗣曾死在山東。奏報到京，至少要兩三天功夫，可知死期必在十月而非十一月；否則，不可能初一便有上諭。至於徐嗣曾自福州至熱河，必是經建甌、浦城，翻仙霞嶺入浙，循信安江入富春江，經子陵釣台而到杭州，再由運河北上。這是最近也比較舒服的一條路，到清末還是如此；寶廷放福建主考，來去都是這麼走法，因而才有「宗室八旗名士草，江山九姓美人麻」這種風流公案。

運河經海寧、經蘇州；但我不知趙文何所據而想到徐嗣曾是在「赴京途經蘇州時，才把有關《紅樓夢》這段佳話告訴了周春」？

《海昌備志》載：「松靄潛心著述，所居著書齋。終歲不掃除，凝塵滿室，插架環列，臥起其中者三十餘年，四部七略，靡不瀏覽。」周春號松靄，卒於嘉慶二十年，享壽八十七；如「三十餘年」以三十五年計，則自嘉慶二十年逆推，在乾隆四十六年以後，周春即自鎖於他的「夢陶齋」中了，徐嗣曾順道往訪，自然是在海寧，而非蘇州。

寫到這裡，我想趙岡教授一定會承認，徐嗣曾並未收藏過這兩部鈔本。不過，這兩部鈔本從「閩中」這個方向去追尋源流，可能是走對了路子，我願提醒趙教授：有正本的祖本收藏者戚蓼生，在乾隆五十七年是福建按察使，他的八十回鈔本，名為《石頭記》，莫非與「雁隅」所得的八十回鈔本是同一來源？

紅樓傾談
——酬答趙岡教授

趙岡先生：

由「聯經」轉來一月廿九、二月一日大函兩件（附於本篇文末），均已拜讀。足下的謙沖誠摯，令人感佩。關於紅樓夢的研究，在足下已成專業；而我的工作不容許我致力於此，因為我抽不出那麼多時間。做考據會上癮成癖，況是像紅樓夢這樣的題目，如入寶山，目迷五色；流連即成陷溺，很難自拔。彷彿記得康熙朝的理學名臣湯潛庵先生說過，平時一味袖手談心性，亦是「玩物喪志」。如果我做《紅樓夢》的考據，可以滿足我的興趣，但必然荒廢我的本業，似亦等於玩物喪志？

前為足下作補充，寫〈我看中國文學史上一大公案〉，就手頭現成資料，掇拾成文，寫完丟開，並不費事。但這次讀完您的第二封信，卻使我大感躊躇，辱承下問，不可無以報命；而垂詢各點，皆屬於紅學高層次的研究範圍，必須深思熟慮之後，方能奉覆。幸好春節有兩天半的假期；丙辰除夕守歲，窮竟夜之力，重讀大作《紅樓夢研究新編》以及其他有關的著作如《紅樓夢敘錄》之類，重新考慮我以前在這方面的心得，覺得有些概括性的看法，可為蒭蕘之獻。

重讀《紅樓夢研究新編》，對賢伉儷在紅學方面搜討之勤，研審之精，實在佩服。不過，容我坦率以道，有好些看法令人不敢苟同，尤其是「畸笏叟是誰的問題」。我們有很大的歧見。畸笏絕不會是「曹荃之幼子」，更不會是李煦的長子李鼎！

畸笏之謎

我想任何一個讀過脂本的人，都會覺得畸笏應該是：

一、曹雪芹的長輩。

二、對曹雪芹有極大的影響力。

三、與曹雪芹始終共富貴、同患難。

四、曾趕上曹家的全盛時代，不但見過曹寅，而且自己當過家。

準此而論，「曹荃之幼子」為雪芹之叔；李鼎為雪芹的表叔，固合乎上述的第一個條件，但其他條件皆不合。尤其是李鼎，表叔比較客氣，何得在十三回用「因命芹溪刪去」這種妄自尊大的語氣？而況李鼎之為紈袴，亦沒有資格說這樣的話；甚至我亦懷疑他有沒有批《紅樓夢》的資格？

唯一合乎上述四條件的，只有一個曹頫。您假定「曹頫生於一六九四年」，我以為不妨提早一年，假定他生於一六九三年（康熙卅二年癸酉）；至一七六二年（乾隆廿七年壬午）為古稀之年，自署別號始加一「叟」字。這當然是個假設，但應是合理的假設，如果能夠成立，可作為畸笏是曹頫，非李鼎的旁證。

此外旁證還很多。如您所引「甲戌本第三回，寫黛玉被領著去見賈赦，賈赦讓人告訴她：『老爺說了，連日身子不好，見了姑娘彼此倒傷心』，其上有眉批：『余久不作此語矣，見此語未免一醒。』」這意思是說，他當年亦曾像賈赦那樣，常用這些話作為懶怠接見親戚的藉口；今非昔比，端不起這樣的架子了，故謂「久不作此語」。而在李鼎，則根本不可能「作此語」；因為不管他年紀大小，只要有李煦在，他始終是「大少爺」而非「老爺」。曹頫則在襲職織造成為一家之主後，當然為下人尊為「老爺」。

畸笏即曹頫，是我多少年來一貫的看法，重讀大作中所排比的批語之後，益覺自信不虛。於此，我想先對大作第三章第一節的「書中人物」，稍作討論，您說：「書中的寶玉似乎不完全是曹雪芹自己的寫照，而是雪芹與脂硯兄弟兩人的共同寫照。」

果如尊論，則書中由寶玉所反映出來的曹寅在世時的故事，如「西堂產九台靈芝」等等，便無著落；因為不論雪芹或是如您所考證的脂硯即曹天祐，都沒有見過曹寅，則所有曹寅在日，西堂延賓，飛觴醉月的豪情快舉，都不應有曹雪芹、曹天祐的影子。

寶玉與曹頫

看起來，寶玉大致應該是曹顒的寫照。只有曹顒在寶玉那樣的年齡，曹家才有榮國府的那種繁華；借省親以寫南巡，隱王妃而為元春，關目暗暗相合。同時，畸笏的批語，亦便十、九可解，試舉數條如下：

一、第三回寫寶玉「面若中秋之月，色若春曉之花」，有批：「少年色嫩不堅牢，以及非夭即貧之語，余猶在心，今閱至此，放聲一哭。」您以為此批出於脂硯之手；我以為應是畸笏所批。曹頫與曹顒年齡相仿；當時曹家長輩或星相之士對曹顒「直言談相」時，曹頫亦曾親聞。其後果然，曹顒以弱冠之年，病歿京師，為曹家帶來了類如周初武王克殷，天下未寧而崩的嚴重局面，瀕臨著整個家族解體的大危機。是如此創鉅痛深的記憶，曹頫閱書至此，安得不「放聲一哭」？而這副眼淚，當然亦是撫今追昔，感激涕零——感激康熙特意安排他繼嗣襲職，扭轉了曹家幾乎無可避免的崩潰的命運，其事類似周初成王的攝政，此為取名「賈（偽）政」的由來。（拙作《文史覓趣》，十年前由台北驚聲出版社印行，中收一文，專論此節；不知曾蒙察及否？）

二、甲戌本第二回，「身後有餘忘縮手，眼前無路想回頭。」句旁，夾批：「先為寧、榮諸人當頭一喝，即是為余一喝。」此明明是曹頫自悔，當康熙破格以李煦「八視淮鹽」，為曹寅生前上百萬銀子的虧空補完之後，曹頫如能痛自警惕，把浮而不實的空架子收起來，量入為出，不再虧空，又何致有以後的革職抄家？按：曹頫與李煦的情形不同；雍正對李煦無好感，而對曹頫則猶有矜憐之心，在密摺的批示中，諄諄教誨，勉以循分供職，凡事只要聽怡親王胤祥的話，不必亂找門路。誰知曹頫少不更事，積習如故，雍正為了整飭吏治，才不能不作斷然處置。是則「身後有餘忘縮手」，對曹頫來說，自是當頭棒喝。您說李鼎「看到《石頭記》這句書文，感到是當頭一喝」，竊恐不然，因為他家始終是他父親當家，即令他想「縮手」，亦由不得他作主也。至於下句，所謂「眼前無路想回頭」，意思是此刻方知當初之誤；如果這時再做織造，必不致再蹈前失，可惜已無機會了。如謂紈袴追念往日揮手千金，恨不及早回頭，免致今日凍餒，固然可通；但不如曹頫的情況來得更貼切。而況此一回「冷子興演說榮國府」，道是「如今雖說不似先年那樣興盛，較之平常仕宦之家，到底氣象不同，如今生齒日繁，事務日盛，主僕上下安富尊榮者儘多，運籌謀畫者無一；其日用排場，又不能將就省儉。如今外面的架子雖未甚倒，內囊卻也盡上來了」（據俞平伯校本）。明明是寫曹頫當家時候的光景。

三、此接上引之例而來，第十三回，鳳姐思量寧國府五病：「頭一件是人口混雜，遺失東西；第二件事無專執，臨期推委；第三件需用過費，濫支冒領；第四件，任無大小，苦樂不均；第五件家人豪縱，有臉者不服鈐束，無臉者不能上進。」甲戌本有批：「舊族後輩受此五病者頗多，余家更甚。三十年前事見書於三十年後，令余悲痛，血淚盈腮。」此更是非曹頫不能有此語氣。因為此「五病」，一言蔽之，是齊家無方，並非主人徵歌選色，揮霍無度，以致敗落；與李鼎的情形完全不同。曹頫繼嗣襲職，情況既如周公之攝政，便應有周公那種「一飯三吐哺」的招賢求治之心；而他只是整天由清客陪著，飲酒賦詩，幹些雅人深致的玩意；以致「五病」齊發，終於破家。若說京中胡亂打點，場面難以收束，或者上有高堂，不完全能由他作主；而所言五病，純為管理下人，而竟不聞不問，豈非要負破家的完全責任？自取之咎甚重；所以自責如是之深！

契合獨深的共同看法

不過您對寧國府的看法，我頗有契合獨深之快。您說：「寧國府的很多事跡，是影射蘇州李煦一家，只要我們不硬性假設《紅樓夢》是一部自傳，一部家譜，曹家與賈家的人物，永遠保持一對一的關係；則我們的推想是可以說得通的。」這話就寫過一千萬字小說的我來說，可謂搔著癢處。誠如所言，「秦可卿這個人物」，「確是雪芹想要『極力一寫』的關鍵性人物之一」，其人其事，必有所本。這個問題，由於我們有此契合，受到您精神上的支持，我敢於放縱想像，作這樣一個大膽的假設，向您請教：

我以為如寧國府影射李煦一家，則新台之醜的男主角，應是李煦，女主角應是李鼎之妻。其事則又可能發生在康熙五十九年夏天，「李煦奏摺」三七四，康熙五十九年五月初二日：「竊奴才家人曹三齎摺本回，於四月十八日到蘇州去；四月初一日魏珠傳萬歲旨意，著奴才兒子李鼎送丹桂二十盆至熱河，六月中要到。欽此欽遵。奴才即督同李鼎挑選桂花，現在雇覓船隻裝載，即日從水路北行，李鼎遵旨押送熱河。理合奏聞，伏乞聖鑒。」由蘇州至熱河，在夏天要走一個月，所以推斷李鼎在端節過後即已動身；至十月廿二日方回蘇州。

您根據「靖本」推測第十三回被刪的情節：「秦可卿一定是在寧府某處遺落了她佩帶的簪子。此物後來被賈珍拾到。他認識此物是秦氏的，於是親自送還給可卿。此時秦氏正在天香樓上更衣，賈珍一頭闖入，醜事因而發生。」我還可以為您補充：時當盛暑，想是可卿新浴初罷。「更衣」二字，在從前的用法很多，涵義微妙；說不定這一段中還包括「窺浴」在內。足下以為如何？

如說醜事發生在李鼎不在蘇州之時，則李鼎上京不止一次，何以見得必是在康熙五十九年夏天？這要跟「王熙鳳協理寧國府」合起來看。據「李煦奏摺」三八八，「生母病逝遵遺命代具謝恩摺」知李母文氏於十一月初五日「忽患內傷外感之症」，延至十一月十五日去世，享壽九十有三。按：李煦之妻韓氏歿於康熙五十三年，「冢婦」又在夏天「淫喪天香樓」；如今老母又逝，則主持中饋，三代皆缺，此所以不能不邀請素以精明強幹著稱於戚黨中的「鳳姐」去經紀這件「婚喪大事」。曹雪芹善於綰合人與事，誠如您所說「書中人物的親屬關係，與實際曹家上世的親屬，大都吻合。但是書中人的事跡與真實人物的事跡又不符。雪芹往往是把某一代的事跡，排在另一代人身上。」所以第十三回寫「寧國府前，只見府門洞開，兩邊燈籠照如白晝，亂烘烘人來人往，裡面哭聲搖山振岳」的豪門喪事，應該是李煦九十三歲老母之喪的實錄。

試參李母死因

最耐人尋味的是，李母的病因；所謂「外感」，照中醫的解釋，無非風寒侵襲；「內傷」與外感並稱，必屬於遭遇了至為拂逆之事，感情上受了重大刺激。而此「內傷」又是「忽患」，可知拂逆之事，突如其來，相信必由李鼎於十月廿二日回蘇州後所引起。

李鼎之妻的死因，李老太太在起初是不知道的。因為照中國人至今依然的傳統，凡遇到這樣的悲劇，一定盡力瞞住上了年紀的尊親，怕年邁高堂情感上承受不住。及至李鼎回蘇以後，問起嬌妻的生前死後，少不得會有人洩漏；因而父子之間曾有嚴重的衝突，可能不得不驚動九十三歲的老祖母；甚至李鼎向祖母去哭訴，亦在意中。此即為「忽患內傷外感」的由來；「外感」二字或許還只是陪襯之筆。

紅學領域中的處女地

如上所作的假設，倘能證實，即是在紅學的領域中發現了一片未經開發的處女地；我衷心希望您來做小心求證的工作。這裡就我想到的線索，提出來供您參考：

一、蘇州織造署，就明朝皇親嘉定伯周奎的住宅改建，應該有記述其園林之勝的文獻，可印證曹雪芹筆下的寧國府，如會芳園、逗蜂軒、天香樓諸名目。

二、康熙稽察臣下，採取相互監視、個別查詢的辦法。倘或李煦有此醜聞，必有人密奏；或康熙風聞其事，密飭某人打聽。當時如兩江總督長鼐、江蘇巡撫吳治禮、杭州織造孫文成等人繳回的硃批摺中，或有記述。

三、李母去世，時人必有弔唁詩文，或者有蛛絲馬跡，可以進一步推知其死因。李煦與當時名士的交往，雖不如曹寅之密，但亦頗有數人，若能細作檢查，當有所得。要想了解蘇州織造衙門有何亭台樓閣，檢查其時的詩文集亦是最好的方法，因為文酒之會，必有題詠之什，可資考據。

四、細查李鼎的履歷。按：十三回「大明宮掌宮內相戴權……親來上祭」；此「掌宮內相」指「領侍衛內大臣」。為了「喪禮上風光些」，賈珍要為賈蓉捐個前程，戴權吩咐小廝：「回來送與戶部堂官老趙，說我拜上他，起一張五品龍禁尉的票，再給個執照，就把這履歷填上。明兒我來兌銀子送去。」又賈蓉的銜名是「防護內廷紫禁道御前侍衛龍禁尉」。可知賈蓉所捐者乃「三等侍衛」。《清史稿・職官志四》：「侍衛……三等，正五品，二百七十人，旗各九十人。」與戴權所說的「三百員龍禁尉」，數目相近。侍衛由上三旗內選派，賈蓉是夠資格的。捐納之事歸戶部掌管；但侍衛是否可由捐納而得，頗成疑問。即或可捐，亦必是虛銜；而「御前侍衛」由侍衛內特簡，更非同小可。十三回內所寫賈蓉的銜名，想是故意混淆，不欲確指清朝的官制。但如李鼎確實曾在康熙五十九年當過三等侍衛，則是以賈蓉影射李鼎的確證。

科場與書坊

至於您第二封信中提到的問題，似乎想證明《紅樓夢》有南北兩個流傳中心，北方為八十回的《石頭記》，南方為百二十回的《紅樓夢》；而後四十回可能為曹、李兩家在南方後人所撰寫刊行。如果您真是想證實這個假設，可能會徒勞無功。

在大作中，您提出程丙本的說法及分析，確是有功紅學的不刊之論。事實上程本三次刊行的過程，照您的考據，已很明白。可惜，您對科舉制度，以及科舉與出版界的密切關係，瞭解稍欠深入。否則您就會說程丙本刊於壬子年，不會說「刊於壬子年或以後」。因為高鶚於乾隆五十三年戊申鄉試中舉；次年己酉正科會試落第；再次年庚戌會試又落第；辛亥、壬子兩年幫程偉元搞紅樓夢，下一年癸丑會試，當然要下場。會試在春三月，如果不是在壬子年冬天結束《紅樓夢》校改的工作，即無法去準備舉業。

我曾請教過故宮博物院文獻處處長、目錄學家昌彼得先生，說有無專談清初書坊的書？他說沒有。不過，我覺得《儒林外史》中的記載，頗可窺見當時書坊的情形。書中屢屢談到「闈墨」，即將近科鄉會試中式的八股文，加以精選批注，以供士子揣摩之用。是故每逢大比之年，書坊必定大做一筆生意。準此以言。乾隆五十一年丙午至嘉慶元年丙辰，這首尾十一年真可說是書坊罕見的黃金時代，因為十一年中，共有六次鄉試，六次會試；三次正科，三次恩科，茲列表如下：

乾隆五十一年	丙午鄉試。
五十二年	丁未會試。
五十三年	戊申預行正科鄉試。（按：五十五年庚戌、乾隆八旬萬壽，例開恩科。但辰、戌、丑、未本為會試之年，所以庚戌正科會試提前一年舉行，則鄉試便當提前兩年。）
五十四年	己酉預行正科會試。
五十四年	己酉恩科鄉試。

五十五年	庚戌恩科會試。
五十七年	壬子正科鄉試。
五十八年	癸丑正科會試。
五十九年	甲寅恩科鄉試（乾隆登極六十年）。
六十年	乙卯恩科會試。
六十年	乙卯恩科鄉試（嘉慶改元）。
六十一年（嘉慶元年）	丙辰恩科會試。

除了乾隆五十六年以外，這十一年中年年有試事，五十四、六十兩年，更是春秋兩闈，（事實上，乙卯、丙辰本為正科年分，如加開恩科，仿八旬萬壽之例，則五十八、五十九兩年，亦應是一年兩闈。）漪歟盛哉！

書籍的流通，亦即是南北的交流，每藉公車北上或落第回籍時，完成其功用。到京會試，則琉璃廠訪書及隆福市逢九、逢十廟市逛舊書攤，固為必有的節目；但南方如有新出刊本，或送人、或託帶、或販售，亦常藉公車而大量流傳於北方。是故說《紅樓夢》南北各有一個流傳中心，固為事實，但謂北方流傳八十回本，南方流傳百二十回本，是不太切實際的想法。

程本印行過程

根據您的考證，以及上列的貢舉年表，我推斷程本校訂印行的經過是如此：

一、乾隆五十六年春天，程偉元以八十回抄本及後四十回續稿，託高鶚校訂，高會試落第，窮愁潦倒（程偉元所謂「子閒且憊矣！」）欣然應諾，一面校，一面印，至冬至竣工，趕在年關前發行，是為程甲本。

二、程甲本的銷路奇佳，印數亦不少；這可從元春繡像及程偉元序文雕版破損這一點上去推斷。至於銷路之好是因為《石頭記》這部書的名氣，已流傳了二十幾年，多少人嚮往而不得寓目；一旦公開發行，且為一百二十回，自然爭著先睹為快。再者，壬子年恩科會試的舉人，至少有一半是在年內北上，人數總在一千以上；購以自閱之外，少不得還要買一、兩部準備送人，平均以每人一部計，在一個壬子年的新年中，光是這部分可以銷一千部。

三、程偉元當然早就顧到南方的市場；但如在京印書南運，則有諸多窒礙，京中供不應求，並無大量餘書，是其一；天寒地凍，水路不便，且亦非漕船「回空」之時，是其二；舟車駁運，費錢費事，是其三。既然如此，何不將原版送到蘇州刷印？此即是你所考出的胡天獵藏本的程乙本。

四、程乙本的銷路很壞。考究其原因：

1.《石頭記》一名，在南方的知名度本不如北方；再改了《紅樓夢》，更少人知；

2.不論程甲本，及略為校改過的程乙本，錯字都很多，加以北方的口語，南方不熟習，閱讀更加吃力，口碑自然不佳；

3. 因為赴京會試的緣故，少了許多新科舉人，便少了許多顧客；

4. 知道《石頭記》或《紅樓夢》並有意購置者，寄望於京版會比蘇版來得好，託人在京代購。

這些原因都是可以改善的，或者由時間來消失的。時間對蘇州萃文書屋更有利的是，壬子年有恩科鄉試；在江寧、杭州、南昌、福州等地，秋天還能做一筆好買賣。既然京本大獲其利，何妨不惜工本，大幹一番？而在高鶚，除了優厚的物質報酬（我疑心不用「文粹堂」而用「萃文書屋藏板」的名義，是意味著此書的權益，為雙方所共有：利潤由程、高拆帳，與文粹堂出版其他書籍有別）之外；也還有愛惜羽毛之意，因而就程乙本大加改動；包括程序「《紅樓夢》是此書原名」，改正為「《石頭記》是此書原名」在內。

高鶚的此一工作，必在壬子年秋冬間完成；其理由已如前述，他要結束這一項雜務，才能專心一志準備舉業，再有個確證，見於周春《閱紅樓夢隨筆》自序：「壬子冬，知吳門坊間已開雕矣。茲苕估以新刻本來，方閱其全。」即指程丙本而言。周春此序作於乾隆五十九年甲寅；所謂「苕估（湖州書商）以新刻本來」，自不必死看作程丙本於甲寅年始問世；但以時間計算，壬子還未有程丙本，則可斷言。

至於高鶚未寫「三版序言」，推想是出於程偉元的生意眼，因為二版滯銷，存書甚多；如果明明白白說明是三版，並指出添改了兩萬餘字之多，則二版必無人問津，全成廢紙；所以不能不打個馬虎眼，希望將二版夾帶出去。同時，二版「引言」中，程、高已大吹特吹，前八十回的錯字既已「聚集名原本詳加校閱，改訂無訛」；內容亦「廣集校勘，準情酌理，補遺訂訛」；後四十回又以秘本自炫，「惟按其前後關照者，略為修葺，使其有應接而無矛盾，至其原文，未敢臆改」，誰知忽然增添了如許文字，改正了如許錯誤，豈非自明其前言為虛？

程本的來源

程偉元所獲抄本的來源，我以為前人筆記中，有一條很重要；即是大作第四章第三節開頭，您認為「值得特別注意」的《樗散軒叢談》：「乾隆五十四年春，蘇大司寇家因是書被鼠傷，付琉璃廠書坊抽換裝訂，坊中人藉以抄出，刊版刷印漁利，今天下皆知有《紅樓夢》矣！《紅樓夢》一百二十回，第原書僅止八十回，余所目擊。後四十回乃刊刻時好事者續補，遠遜本來，一無足觀。」您不能確定作者寫此條筆記的時間，其實是很清楚的；稱「蘇大司寇」則必在乾隆五十七年壬子正月至五十九年甲寅十一月，蘇凌阿刑部尚書任內；過此則蘇凌阿調江督，當稱「蘇制軍」。如在嘉慶二年九月以後，則以蘇凌阿入閣，當稱「蘇相國」。而在「天下但知有紅樓夢矣」之前，著一「今」字，亦可知必在程丙本出版以後不久所寫。

其次，亦可確定其所見的「八十回本」即蘇凌阿的藏本，因為如在他處「目擊」自當註明出處。倘未見過蘇凌阿的藏本，則「原書僅止八十回」，後四十回「乃刊刻時好事者續補」，即成武斷；也許蘇藏即是百二十回本，那又怎麼說？

如上所述，由於時間上的密切啣接，有理由相信程偉元所得的八十回本，本自蘇凌阿家；或許蘇凌阿重裝鼠傷之書，即是交給文粹堂承辦，亦是可能之事。

如果這個假設能夠成立，便可進一步再作一個假設，即程序所言確為實情，既得八十回抄本後，於乾隆五十四年春天至五十六年春天，「竭力搜羅」，逐步收全，經高鶚校訂後，始付剞劂。看來是程偉元有意想刻一部「全書」出來；而絕無作偽的證據。我完全同意您的看法，後四十回，絕非程、高所續。

後四十回非程、高亦非曹、李後人所續

後四十回來源不明；續作者是誰？恐怕將成一個永遠解不開的謎。不過，我不以為會有曹、李兩家後人在南方所續的可能。因為在京的旗人，在外省罷官後，必須歸旗，以便控制，此項禁例在雍正、乾隆年間更嚴。於此，我要附帶指出，所有研究曹雪芹身世的專家，對八旗制度的瞭解，似都欠深入，因此忽略了好多傳說的可靠性，如張永海世居香山門頭村正黃旗，屬健銳營右翼，「自稱是雪芹晚年的鄰居」。這話便相當可靠，照道理說，曹雪芹既屬正白旗，不應住在正黃旗營房；殊不知雍正年間，為了打破下五旗旗主與屬下的密切關係，曾採用各種分化隔離的手段。最主要的是，八旗都統原為旗主屬下的行政官，而特簡皇子或親、郡王充任，則原來的旗主，如為世襲的鐵帽子王，即不得以皇子為屬下；如為貝勒、貝子，則不得以親、郡王為屬下，無形之中，將旗主支配全旗之權直接移於都統，間接歸於君上。這在雍正雖出於私心，而事實上為「軍隊國家化」的一項重要步驟。

此種分化隔離的手段之一是，調旗管理營房。是故只要各旗都統處有戶籍底案，雜居並非厲禁。而健銳營設置於乾隆十四年，與「雪芹晚年」之話亦合。如果當時訪問者，能依旗下制度去追溯曹雪芹的一切，譬如平郡王福彭，亦即曹雪芹的表兄，乾隆初年當過正黃、正白旗都統，對曹家可能有怎樣的照應，以及乾隆十三年福彭的去世，對於曹家是否又一次嚴重的打擊？都很值得去探索。

從回目看脂本

《紅樓夢稿》影印本，至今尚未能細讀，因而這一次無法多談。不過關於脂本的先後，根據回目的分析，我認為甲戌本確早於其他各本；其先後次序是：甲戌本、己卯庚辰本、己酉本殘本（原藏五十三回，補抄二十七回，今剩一至四十回。以舒元煒己酉年序，稱己酉本）、甲辰本、有正本、紅樓夢稿。

茲先談第三回，各本所作回目是：

甲戌本	金陵城起復賈雨村	榮國府收養林黛玉
己卯庚辰本	賈雨村夤緣復舊職	林黛玉拋父進京都
己酉本	託內兄如海酬閨師	接外孫賈母憐孤女
甲辰本	託內兄如海酬訓教	接外孫賈母惜孤女
有正本	同上	
紅樓夢稿	託內兄如海薦西賓	接外孫賈母惜孤女

甲戌本的回目製得極其空泛，而且「收養」二字亦頗不妥，林黛玉竟似棄兒。己卯庚辰本重製，有「賈雨村夤緣」、「林黛玉拋父」，意義是豐富得多了；但「賈雨村夤緣復舊職」，畢竟只是枝節，無非林如海正好託他送女進京的一個因由，書中亦只一筆帶過，根本不值得強調；所以己酉本改為「託內兄如海酬閨師」，事實上雖仍是「賈雨村夤緣復舊職」，但改以林如海為主格，同時道出他

與賈政的娘舅關係，以及賈雨村為林黛玉的老師，無疑地最後勝於前。以「闔師」對「孤女」，可信其為原作；但闔師一詞出於杜撰，不免費解，故甲辰本改為「訓教」，有本正因仍未改。而「訓教」二字意思仍覺不夠醒豁，且字面上與「孤女」亦對不上，最後終於改為紅樓夢稿，亦即程甲本上的「荐西賓」。

再說六十一回，除甲戌、己酉兩本無此回以外，其他各本如此：

己卯庚辰本	投鼠忌器寶玉情贓	判冤決獄平兒情權
甲辰本	同上	
有正本	投鼠忌器寶玉情贓	判冤決獄平兒徇私
紅樓夢稿	投鼠忌器寶玉瞞贓	判冤決獄平兒行權

顯然的，回目中上下兩個「情」字，是抄錯了的；甲辰本將錯就錯；有正本改了一半，但改得不好，到《紅樓夢》稿才完全改對。

己酉本與甲辰本的關係至為密切；但補抄部分所據者為甲戌本，如第七、第八回，甲戌、己酉兩本的回目完全相同，而與他本皆異。己酉早於甲辰，證據不一而足；如三十九回回目，己酉本作「村嫽嫽是信口開河，情哥哥偏尋根問底」，甲辰本已改為「村姥姥是信口開河，情哥哥偏尋根究底」；姥、嫽相通，但須查字典才會知道；小說求通俗，當然要改回姥字。又一證在第九回回目：己卯庚辰本作「懲風流情友入家塾，起嫌疑頑童鬧學堂」，甲辰本同程甲本：「訓劣子李貴承申飭，嗔頑童茗煙鬧書房」。而己酉本作「懲風流情友入學堂，起嫌疑頑童鬧家塾」。足見己酉本直接庚辰本，過錄時誤將「學堂」、「家塾」倒置，至甲辰本始改如程甲本。兩相對照，後勝於前，亦殊顯然。

甲戌本的評價

至於甲戌本早於庚辰本，除了脂批特多，以及那關係重大的十三回之外，「抄閱再評」四字，鐵案如山。不過甲戌本絕非畸笏在丁亥年整理出來的新定本，而是另外有一位有相當文學修養的人，在丁亥年以後，以甲戌本為底本，搜羅了各本的脂批，試圖重新編輯成一個理想的本子。您所說的「唯一的例外是甲戌本第一回的一條行間夾批『若從頭逐個寫去，成何文字。石頭記得力處在此，丁亥春』。」這可能是全稿初步編輯完成，並謄清後，又發現有一條批，暫記於此，以待第二次處理。

由甲戌本現有的形式，可以推知此君的編輯方針是，每回加「回首總批」，「回末總評」，前者提綱，後者總結；涉於瑣碎而又必要者，則用雙行夾批，取消眉批，以期閱讀省力。「彩明」一節，明明可以看出此君的苦心，至於提出來的眉批，可能是暫時堆置的材料，與第一回那條行間夾批一樣，都還待考慮處理的方法，是擺在回首，回尾，還是正文之下？

如上所述，仍然承認您認為甲戌本是個「新定本」的看法；不過此新定本所根據的底本，則為早於其他脂本的甲戌本。我這樣說，不知您認為公平否？丁巳新正初四寫畢。

趙岡教授第一封信

聯經編輯將大文影印寄來，所指正各點，考證其詳，所稱極是，均依尊意一一刪改。該文係弟病床上草草寫成，不像樣子。

弟原來曾有兩個不同的假設，第一，雁隅是一個人。第二，雁隅是指北方某地。因為楊畹耕有姓，而雁隅前不冠以姓，似乎不一致。弟曾按兩種假設分頭進行，不過有一點，我的意思是認為此人買到過百二十回全套《紅樓夢》，但絕不是楊繼振這套，楊繼振這一套似乎是「雜湊」，並非原是一套。不過無論如何徐嗣曾已經被剔除了。

趙岡教授第二封信

拜讀大作後，我忽然得到一個重要啟示，想要重新檢討過去的一些想法，並要請教先生，看看有無材料支持我的新想法，故冒昧再寫一信。

過去我有一個大偏見，認為《紅樓夢》一書是發源於北京，所有的抄本都從北京曹家傳出來，後四十回續書人不管是誰，也應是在北京附近。第一次的刊本是在北平發行，從這裡推衍下去，我不假思索的假設楊繼振是住在北京，是旗人；百二十回抄本也是從北京買到，根本忽略了他是江南人士。我而且進一步假設，任何人得到抄本都一定是在北京書坊買來的。

現在回想起來，這是很大一個偏見，《紅樓夢》的流傳可能就有兩個中心，南京或蘇州可能就是南方的中心，與北京的流傳過程完全是獨立的，事實上，有許多線索，過去因為先入之見，而被忽略了，譬如：

一、周汝昌證明曹雪芹曾回南去過一次。

二、靖本似乎是始終在江南流傳的抄本。

三、周春提到之人買到抄本兩部，也不一定是在北京。

四、在程甲本出版一年多以後，就有九部《紅樓夢》運到日本，是由浙江去的，版型是袖珍本，一部只兩冊（一套兩部）。為了試著向這個方向探索一下，我正在設法追查曹、李兩家乾隆年間（三十年以後）有何人在江南，如李鼎、李鼐之下落。

另外想請教先生：有無資料證明1.楊繼振是否是在南方得到了百二十回本？2.東觀閣南方有無分號？

最後，以先生之意見，認為南方有曹李兩家之後人，續寫此小說後四十回，獨立以《紅樓夢》之名向外流傳，可能性究竟如何？換言之，《石頭記》八十回本是北方本，《紅樓夢》百二十回本是南方本的假設，是否值得推敲？

此祝

文祺

弟趙岡二月一日

我寫《紅樓夢斷》

《紅樓夢斷》寫曹雪芹的故事。我相信讀者看到我這句話，首先會提出一個疑問：曹雪芹是不是賈寶玉？

要解答這個疑問，我得先談一個人：《紅樓夢新證》的作者周汝昌。此人是胡適之先生的學生。胡先生曾當面跟我說過，周汝昌是他「最後收的一個徒弟」。照江湖上的說法，這就是「關山門」的得意弟子了。其時大陸正在清算「胡適思想」；周汝昌一馬當先，力攻師門；而胡先生則不但原諒周汝昌，還為他說了許多好話。這使我想起周作人的學生沈啟旡，做了件對不起老師的事；周作人立即公開聲明「破門」，逐沈出「苦雨齋」。周作人之為周作人，胡適之之為胡適之，不同的地方，大概就在這裡。

周汝昌的《紅樓夢新證》，下的功夫可觀！不幸的是他看死了「《紅樓夢》

為曹雪芹自傳說」，認為紅樓夢中無一人無來歷，無一事無根據，以曹家的遭遇與紅樓夢的描寫，兩相對照，自以為嚴絲合縫，完全吻合。我從來沒有看過這樣穿鑿附會的文章。

當然，他所舉的曹家的「真人實事」，有些是子虛烏有的。譬如說，曹家曾一度「中興」，是因為出了一位皇妃（非王妃）；即為「想當然耳」。且看趙岡的議論：

中興說由周汝昌首創。他的理由如下：消極方面，他主張曹雪芹逝世時享年四十，算來應生於雍正二年（一七二四）。依此算法，曹頫抄家時雪芹只有四歲，當然記不住曹家在南京的繁華生活。這樣，就只好假定曹家回京後又一度中興。曹雪芹在《紅樓夢》中所描寫的是中興後的生活。曹家中興後若干年，又第二度被抄家，從此一敗塗地。周汝昌的積極理由是：他相信《紅樓夢》是百分之百的寫實。曹家在南京時代既然沒有一個女兒被選為皇妃，那麼這位曹貴妃一定是抄家以後才入選的。女兒當了貴妃，國丈曹頫豈有不中興之理。周汝昌比較書中所記年日，季節之處與乾隆初年的實事，發現兩者吻合的程度是驚人的。所以書中所述一定是乾隆初年之事，而此時曹家一定已東山再起。細審各種有關條件，周汝昌的中興說實在不能成立。

我完全同意趙岡的看法。不過，趙岡是「細審」了「各種有關條件」；而我是從一項清史學家所公認的事實上去作根本的否定。如周汝昌所云，曹家有此一位皇妃，自然是乾隆的妃子；推恩妃家，故而曹氏得以中興。這在乾隆朝是絕不會有的事。清懲明失，對勤政、皇子教育、防範外戚、裁抑太監四事，格外看重；後兩事則在乾隆朝執行得更為徹底。傅恆以孝賢純皇后的胞弟，見了「姊夫」，每每汗流浹背；皇貴妃高佳氏有寵，而不能免其一兄一姪，高恆、高樸父子因貪污而先後被誅；甚至太后母家有人常進出蒼震門，亦為帝所不滿，嚴諭禁止。至於傅恆父子、高斌父子之得居高位，自有其家世的淵源與本身的條件，非由裙帶而致。是故乾隆朝即令有一「曹貴妃」，亦不足以證明曹家之必蒙推恩而「中興」。

其實，在乾隆初年如果曹家可藉裙帶的汲引而「中興」，也並不需要「皇妃」；有「王妃」已盡夠了。雪芹的姑母為平郡王訥爾蘇的嫡福晉；生子福彭於雍正五年襲爵，亦即《紅樓夢》中北靜王的影子。福彭大乾隆三歲，自幼交好；曾為乾隆的《樂善堂集》作序。雍正十三年九月，乾隆即位，未幾即以福彭協辦總理事務，得參大政；明年三月又兼管正白旗滿洲都統事務，正就是曹家所隸的旗分。如此顯煊的親戚，若能照應曹家，又何必非出「皇妃」始獲助力。而考查實際，則福彭對舅家即或有所照拂，亦屬微乎其微；相反地，曹雪芹到處碰壁的窘況，稽諸文獻，倒是信而有徵的；最明顯的，莫如敦誠贈曹雪芹的詩：「勸君莫彈食客鋏，勸君莫叩富兒門，殘杯冷炙有德色，不如著書黃葉村！」

小說的構成，有其特定的條件，《紅樓夢》絕不例外。《紅樓夢》中可容納一部分曹家的真人實事；而更多的部分是汲取了有關的素材，經過分解選擇，重新組合而成。此即是藝術手法；而為從未有過小說或劇本創作經驗的《紅樓夢》研究者所難理解。姜貴的看法亦是如此。

如果肯接受此一觀點去研究《紅樓夢》，就會覺得周汝昌挖空心思要想證明賈寶玉即是曹家的某一個真實人物，是如何地可笑！不存成見，臨空鑒衡，則賈寶玉應該是曹顒的影子，但亦有曹雪芹自己的成分在內，而其從內到外所顯示者，則為八旗世族紈袴子弟的兩個典型之一；另一個是薛蟠。其區分在家譜上曾染書香與否？

對一個文藝工作者來說，曹雪芹如何創造了賈寶玉這個典型，比曹雪芹是不是賈寶玉這個問題，更來得有興趣。「字字看來皆是血，十年辛苦不尋常」，此中艱難曲折的過程，莫非不值得寫一篇小說？這是我想寫《紅樓夢斷》的動機。

《紅樓夢斷》自然脫不開《紅樓夢》。就紅樓談紅樓，曹雪芹所要寫的《紅樓夢》的後半部，絕不是現在這個樣子。我曾寫過一篇研究紅樓夢的稿子，以為第五回「金陵十二釵正冊、副冊、又副冊」的圖與詩，即是全書結局的預告。而《紅樓夢敘錄》諸家筆記述所見「原本」的情節，以及「脂批」中有意無意對後文的透露，就小說的要求來說，其構想遠比現行本來得高明；曹雪芹如何安排及描寫這些情節，已是天壤之間不可解的一個謎。但如果能依照曹雪芹的提示，並假定那些極人世坎坷的情節，即為曹雪芹親身的遭遇而加以深入地描畫，應該可以成為一部很動人的小說。尤其是「史湘雲」；筆記中有如下的記載：

或曰：三十一回篇目曰：「因麒麟伏白首雙星」是寶玉偕老的，史湘雲也。殆寶釵不永年，湘雲其再醮者乎？（佚名氏《談紅樓夢隨筆》）

世所傳紅樓夢，小說家第一品也。余昔聞滌甫師言，本尚有四十回，至寶玉作看街共，史湘雲再醮與寶玉，方完卷。（趙之謙《章安雜說》）

紅樓夢八十回以後，皆經後人竄易，世多知之。某筆記言，有人曾見舊時真本，後數十回文字皆與今本絕異。榮、寧籍沒以後，各極蕭條。寶釵亦早卒，寶玉無以為家，至淪為擊柝之役。史湘雲則為乞丐，後乃與寶玉成婚。（臞蝯（《紅樓佚話》）

先慈嘗語之云：幼時見是書原本，林薛夭亡，榮寧衰替，寶玉糟糠之配，實維湘雲云。（董康《書舶庸譚》）

此外清人筆記中提到史湘雲嫁賈寶玉者尚多。而考諸史實，「史湘雲」為李煦之孫女或姪孫女，確鑿無疑。她的口音跟曹家不一樣，從小生長在揚州，讀「二」略如張口音的「啊」；因為是大舌頭，結果出聲如「愛」，叫寶玉「二哥哥」便成了「愛哥哥」。按北方只叫「二哥」；「哥哥」連稱，亦為揚屬的稱謂。

既然如此，則「史湘雲」的身世，在其諸姨姑表姊妹中，實為最慘；因李煦籍沒以後，又因案充軍，歿於關外。「史湘雲」如遇人不淑而流落在京，則母家無人，與雪芹重逢於淪落之後，議及婚娶是非常自然的事。果真如此，則「史湘雲」必為雪芹寫《紅樓夢》的助手，其惟「脂硯」乎？而「史湘雲」之先亡，以及幼子之夭折，對雪芹皆為精神上極沉重之打擊。我的《紅樓夢斷》，主要的情節就是想這樣安排。我絕不敢說真是如此，但可說：極可能如此。假如這樣寫失敗了，絕非曹雪芹的故事——至死不休，至死不倦地從事藝術創作，並不斷地追求更完美的境界的奮鬥過程，不能寫成一部好小說；只是我的筆力不夠而已。

年初有幾篇與趙岡商略紅樓的文字，過蒙推獎；「臺公」——臺靜農先生亦許我談紅樓自成一家之言；聯經出版公司因而極力慫恿我將此方面的文字，結集出版，並請臺公題名《紅樓一家言》，凡此都是促成我決心寫《紅樓夢斷》的有力因素。

對於曹雪芹的身世，時代背景，以及他及他家族可能的遭遇之瞭解，自信不致謬妄。但《紅樓夢斷》絕非紅樓夢的仿作，我必得提醒親愛的讀者，如果以讀紅樓夢的心情與眼光來看《紅樓夢斷》，將會不可避免地感到失望。

附錄
中國文學史上一大公案
——關於乾隆手抄本一百二十回《紅樓夢》稿

趙岡

聯經出版公司影印乾隆手抄本一百二十回《紅樓夢》稿問世，我得以先睹。這部百二十回《紅樓夢》手抄本是一九五九年發現的。書是用墨筆抄於竹紙上，竹紙很薄，而且年深日久，已變成米黃色。全書分裝十二冊，每冊十回。影印本在紙張大小、分冊、裝釘形式上都盡量維持了原狀。此部稿本的收藏人，可考的有一位，即楊繼振，在他之前是誰收藏，已無法追查，在他之後又流入何人手中，也無法得悉，楊繼振得此抄本時已然殘缺不全。

他在題記中說：

> 內閣四十一至五十十卷，據擺字本抄足。

這只是指整整一份冊遺失，由他抄來補足者。此外尚有零星補抄的地方，共有下列各處：

- 第十回第四頁起至第十一回第二頁止
- 第廿回第五頁起至第二十一回第二頁止
- 第廿四回回末半頁
- 第四十回第五頁以下
- 第五十一回第一至四頁
- 第六十回第五頁起至第六十一回第五頁止
- 第七十一回第一頁
- 第八十回末一頁
- 第一百回第四及第五頁

可以看出，零星補抄者大多數是各分冊的起頭與末尾部分。楊繼振據以補抄的擺字本是程甲本，除了正文以外，原抄本的總目也不全。第四頁上有楊的圖記，是從第八十四回的回目開始，其第一至八十三回的回目已缺失，一九五九年以後才由他人抄來補足。

楊繼振，字又雲或幼雲，號蓮公，別號燕南學人，晚號二泉山人，隸內務府鑲黃旗，即上三旗包衣人士。褚德彝《金石學錄續補》說：

> 楊繼振，字幼雲、漢軍鑲黃旗人，工部郎中，收集金石文字，無所不精，于古泉幣，收藏尤富。

楊繼振著有《星風堂詩集》及《五湖煙艇集》。但是最著名的還是他對書畫古玩的收藏。此抄本上有他的題記多條，署名又雲、幼雲，及「繼振」兩字的特有簽名式。另外還有「楊繼振印」、「江南第一風流公子」、「猗歟又雲」、「又雲考藏」等印章。楊繼振的兩個朋友也在此抄本上寫過題記。一位是于源，字秋巘（泉），又字惺伯、辛伯，秀水人。著有《一粟廬合集》。其中《一粟廬詩稿》卷四中有與楊繼振的唱和詩。另外一位是秦光第，字次游，別號微雲道人，于源的詩稿中也有〈贈秦次游（光第）兼題其近稿〉詩一首，足證三人是朋友。

此稿本有幾點特別值得注意的特徵，這要分成三部分來說。換言之，除了楊繼振補抄部分不算，這部分本是由三部分結合而成，即：

‧前八十回未改前的正文

‧後四十回未改前的正文

‧全部的改文，包括附條在內

前八十回正文的來源，是一部帶有少量脂批的脂評本《石頭記》，所殘存的批語前都冠以「批」字。此本文字與現有各脂評本頗有出入，譬如其第四回又第五回的回首回尾題詩，第四回護官符下各家的註文，以及第十七回和第十八回的分回方式與回目。

更值得注意的是後四十回的正文，這一部分正文與前八十回正文，不是同時抄得者。可由其回目抄寫格式證明前八十回（楊繼振所補抄部分不算）的回目抄寫格式是

第某回：回目

而後四十回的回目抄寫格式是

紅樓夢第某回：回目

後四十回正文的文字有許多特點，與前八十回正文及程高排印本的後四十回文字，在風格上都迥然不同，這部分文句很簡短，大都平鋪直敘，缺乏細膩的描

寫，更有趣的是，後四十回的原著者不善於用口語寫書，而且對於京腔中的特殊語調與用字極不熟悉，許多研究者都已注意到，文中所有該用「都」字者，全是寫做「多」。「多」與「都」讀音不分，正是南方人的特徵；文中也使用了許多南方俗語，如「物事」、「鬧熱」、「人客」、「事體」等。

最後再說改文部分。很顯然，這部稿本最初由兩部來源不同的正文合併一起以後，又加上了第二道工序，那就是對正文的修改。各回中改文有繁有簡，不過到了後四十回改文極夥，有幾頁中改文的字數甚至超過正文的字數。因此，改文產生了兩種不同的情形，此人在原則上是想把改文盡量寫在正文旁邊行間，很多頁中的改文太多，與正文錯綜間雜，密集一處，有的時候改文實在太多，在行間無論如何是寫不下，於是這些改文便被寫在一個紙條上，附貼於該頁書上。全書計有十八個附條，其中十六個是在後四十回，只有兩個在前八十回中。在第三十七回第一頁的附條，據該處硃筆批註，已然「逸去」。故只有十七個附條保留下來。附條上首開端都有一個小圈，附條應該接的正文處也有一小圈，表示兩者應於何處銜接，如果按這個線索去查，全書中似乎還有若干附條，已然遺失。

這些改文的文字大部分都與程高最後的一版排印本（即我所謂的程丙本）文

字相同。但是也有許多不同之處，香港中文大學紅樓夢研究小組曾以書中的詩詞為比較樣本，統計結果是二百零五條改得與程丙本一致，一百九十多條則與程丙本相異。詩詞以外的改文，大體說來是把原來簡短的、平鋪直敘的文句，加以複雜化、美化，使之變成細膩的描寫。而且原來正文中非口語用字都改成口語，非北京話都改成道地北京話。

這部抄本百二十回《紅樓夢》引起研究者重視的原因之一，是它牽涉到高鶚是不是後四十回續書人的問題。根據近年來新發現的資料，在程甲本出版（一七九一年）以前，已經出現了有關《紅樓夢》百二十回本的傳言，一七八九年舒元煒在其八十回抄本的序言中有「數尚缺夫秦關」之句，「秦關百二」所指確數是什麼雖難斷定，但序文中另有「業已有二於三分」的話，可見是指百二十回之數。舒元煒只是聽到說百二十回全本《紅樓夢》之事，但是自己未能得到。周春在其《閱《紅樓夢》隨筆》中則說有人親自讀到這套全本《紅樓夢》，周春之文如下：

> 乾隆庚戌秋，楊畹耕語余云，雁隅以重價購鈔本兩部，一為《石頭記》，

八十回，一為《紅樓夢》，一百廿回，微有異同。愛不釋手，監臨省試，必攜帶入闈，闈中傳為佳話。

周春，浙江海寧人，字芚兮，號松靄，黍谷居士，生於雍正七年，卒於嘉慶二十年，中過進士，是一位淵博的學者。上述那條記載是書於甲寅（一七九四年）中元日，庚戌是一七九〇年。此年以前最後一次鄉試是一七八八年，楊畹耕買到兩部鈔本的時間，應該更早一點。

據我查證，楊畹耕即是徐嗣曾，乾隆二十八年進士，累遷福建布政使，五十年（一七八五年）擢巡撫。五十六年病卒於山東行次。《福建通志》中有其任官紀錄，但名下註：「榜姓楊」。《清史》卷三百三十三有傳云：

徐嗣曾，字宛東，實楊氏，出為徐氏後，浙江海寧人。

此人與周春是海寧小同鄉，前後中式，應該是相當熟的朋友。徐嗣曾本姓楊，畹耕可能是早期的字或號，他中進士後才改徐姓，故榜上仍姓楊。乾隆五十二年，因清兵溺斃案，下吏議，赴京事既定，於五十三年返福建原任。想來這兩部鈔本是他在北京打官司那段期間買得者。乾隆五十三年各省有鄉試。按清朝考試制度，應由當地巡撫出任鄉試監臨。於是徐嗣曾便於該年鄉試攜帶《紅樓夢》入闈，闈中傳為佳話。五十五年秋，台灣生番首領為了高宗八旬萬壽，自請赴京祝嘏，嗣曾奉旨率生番首領前往熱河行在瞻覲。想來徐嗣曾是在赴京途經蘇州時，才把有關《紅樓夢》這段佳話告訴了周春。這些事都發生在程甲本問世以前。

以上這些資料已經使高鶚續書之說發生了動搖，這部百二十回《紅樓夢》手抄本被發現後，更增強了這種傾向。

此抄本第七十八回有硃筆寫的「蘭墅閱過」四個字，楊繼振將此抄本題為「蘭墅太史手定紅樓夢稿」。楊繼振做此判定，不知是否僅根據「蘭墅閱過」這四個字？還是另有根據？不過，很多跡象與資料似乎都不利於楊繼振的此項判斷。

第一，後四十回正文的文筆語氣與改文不像是出於一人之手。其次，「蘭墅閱過」這四個字也未必就是有利的證據。經過核對筆跡，研究者似乎都同意這四個字確是高鶚親筆所寫。這表示高鶚與此抄本確有關係。但究竟是什麼關係呢？除了「蘭墅閱過」這四個字外，全書沒有任何高鶚的題記與印章，如果真是高鶚的手定稿本，他為什麼不寫「重訂」、「手訂」，或「手定」等字樣，而說是「閱過」。而且，這四個字既不是寫在卷首，也不是寫在書尾，而是選定第七十八回，原因何在？難怪有好幾位《紅樓夢》研究者都覺得這是高鶚看過別人的抄本而題的字。一幅字或畫上如有「某人閱過」的跋文和圖章，通常都是表示這幅字或畫是經過此人鑑定或觀賞過。所以有人說，這四個字排除了，不是證明了，這是高氏所修改的稿本的可能性。

又有人詳細核對過程偉元、高鶚最初排印的《紅樓夢》版本，與他們最後的刻本，發現兩種版本每頁的版口是一致的，全書幾乎都是如此。這一點可以說明高鶚在排印了第一版以後，就以印就的書為底稿，在上面進一步加工修改，然後才排印成次一版的書，惟有如此，才能使版口取齊。但是，這個百二十回抄本的改文與程甲本不同，反而與程丙本有許多相同者，也是十分費解的事。

到現在為止，研究者對於這部百二十回《紅樓夢》抄本的性質，尚未獲得一致的意見。大體說來，有三種不同的看法：

一、高鶚是續書人，但此稿本不是高鶚所修訂的手稿，而是屬於另一個人，而且此抄本也不是據程刻本而改得者。

二、高鶚不是續書人，而是對後四十回加工修改之人。這部百二十回抄本是屬於高鶚某友人，原來只有前八十回，程偉元得到後四十回續書原稿後，而在高鶚動手修改以前，此人曾借抄了後四十回的續書。高鶚修改此書全部竣工以後，他又按定稿的刻印本改正其手中的抄本。

三、高鶚不是續書人，程、高兩人得到後四十回續書原稿後，曾多次加工修改。其改稿過程中產生了若干過渡稿本，而此抄本就是高鶚手中的過渡稿本之一。

現在，這部百二十回《紅樓夢》抄本被提供到更多的研究者與愛好者的面前，讓大家來共同研判中國文學史上此一大公案。

附錄
再談程排本《紅樓夢》的發行經過

趙岡

拜讀高陽先生大作〈紅樓傾談〉，獲益良多，高陽先生考據方面往往有令人驚喜的卓見。新聞界的朋友們都知道，要做一個成功的新聞記者除了「勤」以外，還要有「新聞眼」，能夠發掘新聞，搞考據的人最難得的也是這種特質，能夠看出被掩蓋著的問題，能夠發現線索。這種特質無以名之，姑稱之曰「考據眼」。福爾摩斯比蘇格蘭警場的探長們高出一籌，就因為他具有這種稟賦。高陽先生有過人的考據眼，但是不肯多寫這類的東西，認為是會荒廢本業，這是很可惜的事，只要對學術有貢獻，何必分本業副業。

譬如說，高陽先生從「蘇大司寇」這一稱謂而判斷出《樗散軒叢談》中那條筆記的書寫年代在乾隆五十七年正月至五十九年十一月，這是非常令人驚喜的發現，其推論合理可信。我一直認為陳鏞的這條筆記值得特別注意。高陽先生推斷出其寫作時間，更增加了它的重要性。

蘇淩阿的書被鼠傷，付琉璃廠書坊抽換裝釘是乾隆五十四年春的事，程甲本刊印即是乾隆五十六年冬的事，五十七年春以後不久陳鏞就寫下了這條筆記。這是當時人的記載，與後人傳聞之談不同，可信性高得多。

不過有關程刻本發行經過的問題，並未因此而全部解決。這其中牽扯上的問題，遠比我們想像的複雜，這要從日本紅學家伊藤漱平的一篇文章談起。伊藤先生是以研究紅樓夢為專業的，功力深厚，思考縝密，是我所敬佩的學者之一，他不久前在《島居久靖先生華甲紀念集》中發表一篇論文，題名是〈程偉元刊新鐫全部繡像紅樓夢小考〉。文中討論之點很多，我只能在此文中提出兩點略加討論。

第一點，伊藤氏根據出版史料證明木活字版印書，能印的份數極有限。通常像武英殿聚珍版的書，每種只印三百部，有些木活字版只印二百部或一百部。而且據長沢教授研究，木活字版印刷到一百部左右時，往往就發生字面高低不齊，不得不換字。

如果我們接受伊藤氏的推斷，倒也可以解決一些問題。譬如，它可以幫助解釋程偉元及高鶚在短期內再三修訂《紅樓夢》的動機問題。過去，我們一直弄不清為什麼程高在刊印了程甲本後不到七十天就又刊印程乙本，這豈不是用程乙本去搶自己程甲本的市場麼？如果發現在我們接受伊藤氏的推斷，這一點就順理成章了。活字版每次只能印三百部，而生意又這麼好，當然供不應求，既然非重排第二版不可，正好可以趁機對文字方面再多加修飾一下。

不過，現在的關鍵問題是：木活字版可印刷的份數是否真是如此少？中國出版商使用木活字版已有很長的歷史，但是此種印刷方法始終未曾普遍流行，想來它有很大的缺陷，則一定是事實。但是，可印份數會否真少到三百份？從程、高的排印本看來，似乎並非如此，王佩璋曾經比較過程甲本及我所謂的程丙本，發現兩本每頁之行款、字數、版口等全同，每頁中文字儘管有變動，可是到了頁終則又總是取齊成一個字。在一千五百七十一頁中，每頁起訖之字不同者不過六十九頁。她甚至於發現程丙本的活字就是程甲本的活字。我們目前無法比較程甲本及程乙本，不過我相信這兩本一千五百七十一頁的版口應該完全相同。這種現象顯示，活字版可以長用，可以一用再用。編輯為了節省重排的工作量，盡量取齊版口以利用原版，而只個別植換木活字，否則，如果原版已不堪用，非重排不可，高鶚、程偉元鑾可以放手去校訂，便不必採用這種縛手縛足的編輯方針。因此，我對這一點還有相當的懷疑，希望能看到一些研究古代印刷術學者的意見。

第二點是伊藤漱平提到，在程甲本出版後不久就有《紅樓夢》流傳到日本，值得注意的是這批書到達日本的時間和它們的裝釘方式。在日本長崎有一家姓村上的家族，其上世在清朝是從事中日貿易的。此家保留了很多舊的文件，其中有一套「差出帳」，記載每次中國船到埠，他們購入中國貨品的清單。貨品中往往有書籍名目，村上「差出帳」記道，在寬政癸丑五年十一月二十三日有中國船主王開泰，從浙江乍浦出航，於十二月九日在長崎入港，運來書籍六十七種。第六十一項書名是：「《紅樓夢》，九部十八套」。

這種兩套合裝一部的裝釘方式很奇怪。程刻本前後幾版的裝釘方式都是一樣的，每部共二十冊，合裝成四套。與上述情形不符。如果改裝每十冊一套，每部二套，則嫌太厚，而且為什麼要改裝，都是疑問。看來，這運銷日本的九部《紅樓夢》大概是另一種字體大小不同，版面大小不同，裝釘方式不同的另一種版本。

果然如此，則時間上又有了問題。程甲本的高鶚序言是出於乾隆五十六年冬至後五日，該書真正印就而賣到市場上，最早也該是乾隆五十七年初。而寬政癸丑五年則是乾隆五十八年，王開泰在乍浦出帆的時日，上距程甲本出書的時間最長也不過一年零十個月。什麼人拿到程甲本立即翻刻，而且遠銷到浙江，進而外銷日本？這一年零十個月的時候夠不夠完成這些程序？

伊藤漱平企圖把這些運銷日本的《紅樓夢》，周春書中提到在蘇州開雕印刷的《紅樓夢》，以及東觀閣翻印本《紅樓夢》兩件事貫穿起來。周春在《閱紅樓夢隨筆》書中首篇說：

> 乾隆庚戌秋，楊畹耕語余云：雁隅以重價購鈔本兩部，一為《石頭記》八十回，一為《紅樓夢》一百廿回，微有異同，愛不釋手，監臨省試，必攜帶入闈，閩中傳為佳話，時始聞《紅樓夢》之名，而未得見也。壬子冬，知吳門坊間已開雕矣。茲苕估以新刻本來，方閱其全……甲寅中元日黍谷居士記。

從周春的筆記中我們可以判定幾件事，壬子冬，也就是乾隆五十七年冬天蘇州書坊中還買不到紅樓夢，否則周春自己早就買了，根據周春所說的「開雕」及「新刻本」字樣，伊藤認為這個蘇州版不是活字排印本，而是真正的雕版刻印本，是與程本完全不同的印本。以周春對書籍的經驗閱歷，對各種版當能區分。如果他是一個用字謹嚴的人，則上述推論不無道理。不過，時間上還有點問題。乾隆五十七年冬開雕，五十八年冬便已遠銷日本，雕版印刷能夠來得這麼快？如果半年之內就能雕成一千五百多頁書，程高為什麼不雕版而要排印活字版？而且在五十八年冬書已遠銷日本，周春反而晚至次年夏天才在當地書坊買到書，也不好解釋。

伊藤先生很重視東觀閣書店歷次翻刻的《紅樓夢》，這確是一個好線索。不過，要把東觀閣的版本與周春所看的蘇州版拉上關係，則還有相當困難。根據《紅樓夢書錄》，東觀閣第一版《紅樓夢》完全是用程本的書名，即《新鐫全部繡像紅樓夢》，有題記。

《紅樓夢》一書，向來只有抄本，僅八十卷。近因程氏搜輯刊印，始成全璧。但原刻係用活字擺成，勘對較難，書中顛倒錯落，幾不成文。且所印不多，則所行不廣。爰細加釐定，訂訛正舛，壽諸梨棗，庶幾公諸海內，且無魯魚亥豕之誤，亦閱者之快事也，東觀主人識。

此後又有「本衙藏板本」，把題記中「東觀主人識」五個字取掉，書名依舊。到了嘉慶二十三年又有東觀閣重刊本，書名改為「新增批評繡像紅樓夢」。扉頁題寫「嘉慶戊寅重鐫，東觀閣梓行」。

《紅樓夢書錄》中所提到的東觀閣諸版，我都沒見過。但是日本卻有幾部。伊藤還提到有一種東觀閣版，書名為「紅樓夢全傳」者，在「書錄」中尚未列入。東觀閣在嘉慶二十三年已重刊，則其初刊本一定很早。而且它是刻印本，而非活字排本。不過，其初刊本能否早到可以在乾隆五十八年就輸出日本，則還是一個問題。雕版要費時，否則程、高自己早就做了。其次東觀閣多多少少還做了些加工工作，「細加釐定，訂訛正舛」。再者，東觀閣是否真出過袖珍版，每部兩套，也都難以確定。

我很久以前就曾記下日本內閣文庫藏有一部東觀閣版《紅樓夢》，久想去翻檢。今冬趁寒假遠東旅行之便，特別到東京繞了一下，發現內閣文庫已遷至皇宮外，改組成國立公文書館。不巧，我去時該館剛開始年假第一天，全日關閉，結果失之交臂。

即令有證據證明東觀閣的初刊本早在乾隆五十八年已發行，而且是以每部兩套的方式裝釘的，我們還是無法把它與周春買得的蘇州版《紅樓夢》拉上關係。到現在為止，所發現的東觀閣諸版都是翻刻程甲本，但是從周春《閱紅樓夢隨筆》中所提到書中的某些字句，則可以判斷他買到的書是程乙本或程丙本，絕非程甲本，東觀閣既雕印程甲本，馬上接著又翻刻程乙本，工程未免過於浩大，令人難以置信。所以東觀閣諸版與蘇州版還是兩個不同的系統。

附錄
程偉元的畫——有關《紅樓夢》的新發現[1]

張壽平

六十三年雙十節前夕，我在台北市今日公司的今日畫廊發現了程偉元的畫。畫廊主人冉西來先生說：「這一幅畫頗得人們喜愛，可惜大家都不知道程偉元為何許人？」當時，我報以一個苦笑。乾隆五十六、五十七年間，程偉元與高鶚一同校訂《紅樓夢》一書，並連續發行了兩種版本（今稱「程甲本」、「程乙本」），以致《紅樓夢》一書膾炙人口，流傳後世。然而其本人的聲名居然落寞如斯。且其作品流落海外而無人收藏，這更是可悲可嘆的事！但也幸而有此，我得獲此奇遇。最後，我購下了這一幅畫。

1　張壽平教授〈程偉元的畫〉是有關程偉元資料的新發現。這一幅畫，款題「古吳程偉元繪祝」，尤為程小泉是蘇州人之明證，收藏者是嫩江人，也因為程小泉游幕關外之故。民國六十六年四月四日識。

這一幅畫，長一百二十九公分，寬六十一公分，可稱大中堂。畫面是一棵松樹和一棵柏樹交纏而成的一個大壽字，依照世俗慣例，這該是為祝賀某家夫婦雙壽而畫的。原來應有的上款，想必在原主人出讓時被裁掉了。下款是「古吳程偉元繪祝」七個字。下面鈐兩個印章：一為「偉元」，圓形朱文；一為「小泉」，方形白文。製作都相當精雅。右下角鈐一個押腳印章，文為「小泉書畫」，方形白文。左下角還有收藏印一，文為「嫩江意弇氏藏書畫印」，方形朱文。

這一幅畫，畫筆蒼勁，布局自然，松針與柏葉層層複疊而交代極為清楚。尤其難得的是雖為酬應之作而無俗氣，雖經精心設計而無匠氣，足見程氏在繪畫方面的素養與功力俱臻上乘。友人李兄葉霜見到這一幅畫後曾以懷疑的口吻說：「作者有此畫筆，當可入《桐陰論畫》。但清代畫史失載其名，程氏亦不以畫名，怪哉！」

凡讀過《紅樓夢》的人，都會讀過程偉元的《紅樓夢》序文及其與高鶚合撰的《紅樓夢》引言。所有研究「紅學」的學者，一定會注意到程偉元這個人。但是，對於程偉元的生平，一般只知道他是書商，其餘便不甚了了。他的畫，以前只發現過一個扇面，我記得這是大陸沉淪以後的事，雖曾在海內外紅學圈中轟動過一陣子，而我手頭卻無此資料。因此，我購下了這一幅中堂後，立即請鄰居魯傳鼎兄致書現在羈居美國的趙岡先生，問訊上項資料，並告訴他我的奇遇。趙先生來信說：「大陸上發現過程偉元繪的摺扇一面。據說畫為米家山法墨筆山水，有題記，字還不錯，間架微近李北海，滿挺朗。其文曰：『此房山仿南宮，非仿元暉之作。米家父子雖一洗宋人法，就中微有辨。為於煙雲縹緲中著樓台，政是元章奇絕處，辛酉夏五，臨董華亭寫意。程偉元。』有鈐印二方，其一文曰『臣元』。此處『臣』字不是名字中的一字，想來此人已有功名，當然不是普通書商，程偉元是蘇州人，我早有此想法，現在得張教授藏書證實，他們那家書店是蘇州人辦的，北京、蘇州兩地聯號。程偉元的兩位前任經理先生，一姓金，一姓謝，都是蘇州人，『每年購書於蘇州，載船而來』。因此，其後任經理也該是蘇州人。」趙先生不愧為當代紅學名家，他對於程偉元其人的了解之多，已超過我的想像。

現在，我們可以總合所得關於程偉元的材料，作一個程偉元生平簡介如下：

程偉元，字小泉，江南蘇州人。有功名，然久任某書局經理。該局為蘇州人所辦，蘇州、北京兩地聯號。每年購書於蘇州，載船而至北京。乾隆五十六、七年間與友人高鶚一同校訂《紅樓夢》，並曾發行兩種版本，雅擅書畫、嘉慶六年辛酉夏五月作米家山水扇面。有「偉元」、「臣元」、「小泉」、「小泉書畫」等印章。

趙岡先生來信以後，我一直異常興奮，現在，我手裡的程偉元的畫已成為有關《紅樓夢》研究的新發現了，因為：考據之學講究證據，以前所發現的程偉元所繪的扇面雖能證明程偉元不是普通書商，但卻只是「孤證」。孤證是一般考據家不採用的，也是無法使人完全信任的。譬如有人問：怎樣能證明這繪扇面的程偉元，就是校刻《紅樓夢》的程偉元而不是另外一個程偉元？這就要另外尋求證據了。而現在，我們發現了這第二幅程偉元的畫，而且是上面鈐有「小泉」和「小泉書畫」的印章，這就有了有力的佐證；這繪畫的程偉元既字小泉，當然就是校刻《紅樓夢》的程偉元了。程氏所撰《紅樓夢》序文的具名不就是「小泉程偉元」嗎？質言之，程偉元雅擅書畫，不是普通書商這件事，必須藉我的這幅畫才可證實無疑。

胡適先生作〈紅樓夢考證〉一文時，對程偉元了解甚少，在胡氏心目中也許認為程偉元只是普通書商，所以，儘管程氏所撰《紅樓夢》序文中已說明他曾因所藏《紅樓夢》一書「殊非全本」而「竭力搜羅」「細加釐剔」；高鶚所撰《紅樓夢》序文中又直認自己是在程偉元「數年銖積寸累」之後，因程偉元的邀請而「欣然拜諾」「遂襄其役」。但卻仍是揚高而抑程，把整理修輯《紅樓夢》的功勞歸於高鶚一人，並總合所得關於高鶚的材料作了高鶚年譜，而對於程偉元則居然無一字之褒。這委實是很不公平的事。在此，我敢斷言：倘若胡氏當年能見到程偉元的畫而知道程偉元不是普通書商的話，胡氏的〈紅樓夢考證〉就不會揚高而抑程了。又若天假其年，胡氏至今猶存的話，他一定會重寫〈紅樓夢考證〉。

附錄
紅學史上一公案——程偉元偽書牟利的檢討

潘重規

傳播《紅樓夢》一書的功臣，最具勞績而又最受冤屈的，要數程偉元。百二十回《紅樓夢》是他搜集成書的，編校刻印是由他主持的。然而長期以來，人們誤認他不過是一個書商，所以校補《紅樓夢》的工作，都歸功於高鶚，而程偉元只落得一個串通作偽，投機牟利的惡名。天地間不平之事寧復過此。

前幾年，周汝昌購得程偉元繪的一面摺扇，畫上有題記云：「此房山仿南宮，非仿元暉之作。米家父子雖一洗宋人法，就中微有辨，為於煙雲縹緲中著樓台，政是元章奇絕處。辛酉夏五（按：辛酉為嘉慶六年——一八〇一），臨董華亭寫意，程偉元。」鈐連珠二小方印，文曰「臣」（白文）、「元」（朱文）。據此繪事，知他不僅工於翰墨，也應是科名中人，我看了此畫的影本，已對程氏是書商之說，深為懷疑。近見文雷〈程偉元與紅樓夢〉一文，更可斷定程偉元絕非牟利的書商。此文發現有關程偉元的新資料，計有：（一）晉昌給程偉元的唱和詩九題四十首；（二）孫錫〈贈程小泉（偉元）〉七律一首；（三）劉大觀題程偉元畫的〈柳陰垂釣圖〉古風一首；（四）金朝覲題程偉元畫冊的詩並序；（五）晉昌、程偉元、李棨、劉大觀、周籛齡、明義等人為晉昌的《且住草堂詩稿》寫的序跋。根據這些新得的材料，可以獲得下列許多事實。

一、程偉元的生卒年，根據李棨〈且住草堂詩稿序〉說：「程君小泉，余之同學友。」程、李既然是同學，年齡應該相彷彿，比照李棨的生年，程偉元大約生於乾隆十年（一七四五）。又根據程的受業弟子金朝覲〈題程小泉先生畫冊〉詩的內容，程大約卒於嘉慶二十三年（一八一八）。享年七十三歲左右。

二、程偉元的籍貫，據李棨是他早年同學這一事實，李棨是江蘇長洲人，從小在自己家鄉發蒙進學，參加鄉試。程和李是同學，自然應在同一地區上學。在清代，江蘇省蘇州府治吳、長洲、元和三個縣，辛亥革命後廢長洲、元和二縣，併為吳縣，即今蘇州，因此，程偉元可能是蘇州人。

三、程偉元的家世，據晉昌贈他的一首詩說：「義路循循到禮門，先生德業最稱尊，箕裘不墜前人志，自有詩書裕子孫。」看來，程氏確是一個書香門第。

四、程偉元的科名，據晉昌贈他的詩，說：「況君本是詩書客，雲外應聞桂子芬。」又說：「脫卻東山隱士衫，泥金他日定開緘。」這是程偉元在晉昌幕府時，晉昌鼓勵他去再考進士的。在唐代，新進士及第，以泥金書帖子，附家書中，用報登科之喜。晉昌對他說：「脫掉那件東山隱士的長衫吧，你去應考，一定會高中進士的。」如果他沒有中過舉，怎能以秀才的身分去考進士呢！所以程偉元應該是個舉人。乾隆末年，他寓居京師，大概也像高鶚似的，是在京等待參加會試。後來，高鶚中了進士，做了達官，「爬上高枝兒去了」。程偉元卻槖筆關外，成了晉昌的幕府僚屬。

五、程偉元的才名，據晉昌贈他的詩說：「文章妙手稱君最，我早聞名信不虛。」可見早在乾隆末年，程偉元待考京師時，他的才名已經高出同時文士之上，故晉昌以宗室貴族，在出鎮盛京時，特地延請他入幕，佐理奏牘。晉昌是清太宗皇太極之後，恭親王常寧五世孫，從嘉慶五年起，曾「前後三持節」（裕瑞詩句）——三次擔任盛京將軍之職。程偉元不但是盛京將軍的僚佐，而且是盛京將軍的詩友。正如晉昌詩中常常詠嘆的，每當他們在「把酒」、「賦詩」、「酒興偏教詩興濃」的時候，往往是「放懷」、「忘骸」、「忘形是莫辨誰賓主」的。當然，能夠同這位詩人將軍「為忘形交」、「作文字飲」的程偉元，顯然不是一個牟利的商人。

六、程偉元的文藝，據李棨在〈且住草堂詩稿跋〉中說，程小泉「工於詩」，晉昌「凡席中聯句，郵筒報答，必與之偕。」而「新詩清潤勝琅玕」、「瑤章三復見清新」，都是晉昌對程偉元的評語。可見程偉元的詩歌，絕不會像高鶚詩的庸俗下流。李棨又說：「程亦擅長字畫」。金朝覲詩有「昔我立程門，臨池學作字」之句，更說明程偉元不僅是晉昌幕府的西賓，還是瀋陽書院的兼職教授。程偉元又曾為晉昌官署中的「安素堂」，題了「蘭桂清芳」四個大字的匾額，可見他不但能寫扇面上的蠅頭小字，也能作擘窠大書。程偉元擅長繪畫，李棨已明確講了。辛酉夏五月的畫扇，就是很好的物證。他的作品，在他的友人詩文中提及的，有嘉慶七年為晉昌祝壽畫的一本羅漢冊，有嘉慶十年左右為友人善怡庵畫的小像。劉大觀咏詩，題為〈題覺羅善觀察怡庵柳陰垂釣圖〉。這個善怡庵，就是高鶚的及門弟子增齡、華齡的父親。而詩人劉大觀和善怡庵是先後同僚。同高鶚妻舅名詩人張船山訂過交，又為敦誠的《四松堂集》稿本寫過跋，和《紅樓夢傳奇》寫序的作者吳雲更是至交。他和程偉元交誼頗篤，所以嘉慶十九年，善怡庵署理荊南道（湖北宜昌）時，邀請劉大觀到湖北作客，在酒筵上，拿出程偉元畫的〈柳陰垂釣圖〉來，「千扈請買瓊琚詞」，劉大觀便乘著酒興，即席題詩，唏嘘不已：「此圖出自小泉手，我與小泉亦吟友，當時盛京大將軍，視泉與松（規案：劉大觀，字松嵐）意獨厚。將軍持節萬里遙，小泉今亦路迢迢，聚散升沈足感慨，白首何堪還一搔。」由詩意看來，劉大觀不但有故友星散之感。也有為程小泉懷才不遇的惋嘆。綜觀以上發現的資料，程偉元確是個多才多藝的文士，他出身書香門第，才名早著，雖未顯達，卻有科名，往還的朋友都是文學有造詣的仕宦中人，可見他絕非一個書商，他在京師應試期間，不但未醉心功名，還苦心搜積《紅樓夢》佚稿，使《紅樓夢》得流傳於世，可見他不是一個世俗的上進舉子，更看他在有權有勢的奉天大將軍幕府中時，訪問他的知己詞人孫錫，一同展畫吟詩，傾吐懷抱。孫錫贈他的詩說：「冷士到門無暑意，虛堂得雨有秋心。」可見程偉元不但是一個文人，而且是一個襟懷恬淡，品格清高的才士。可惜近代研究《紅樓夢》的人，不顧事實，憑空立論，對程偉元加以種種汙衊。胡先生說：「程序說先得二十餘卷，後又在鼓擔上得十餘卷，此話便是作偽的鐵證。」一般學者更推波助瀾說：「程偉元是一書商，可能沒有任何有關此人之史料流傳下來（趙岡《紅樓夢新探》頁二六四）。」這一類說法，對後來的研究工作有極大的影響。前年，余英時教授在〈關於《紅樓夢》的作者和思想問題的商榷〉（香港《中華月報》，民國六十三年一月號）一文中，便嚴肅的說：「高、程二子在紅學考證中乃是被告。從嚴格的方法論的觀點說，正像陳援庵先生所謂『在其本身訟事未了以前，沒有為人作證的資格。』」眾口鑠金，人言可畏，程偉元已成為偽造《紅樓夢》的主犯了！我看到有關程偉元的新資料以後，不能不呼籲愛好《紅樓夢》的人士，大力替傳播紅樓夢的程偉元，把作偽牟利的飛來惡名徹底洗雪掉！

高陽作品集・史筆文心系列

紅樓一家言 新校版

2024年5月三版 定價：新臺幣平裝350元 精裝550元

著者	高陽
叢書主編	黃榮慶
校對	吳美滿
	吳浩宇
內文排版	菩薩蠻
封面設計	兒日

出版者	聯經出版事業股份有限公司
地址	新北市汐止區大同路一段369號1樓
叢書編輯電話	(02)86925588轉5307
台北聯經書房	台北市新生南路三段94號
電話	(02)23620308
郵政劃撥帳戶第	0100559-3號
郵撥電話	(02)23620308
印刷者	世和印製企業有限公司
總經銷	聯合發行股份有限公司
發行所	新北市新店區寶橋路235巷6弄6號2樓
電話	(02)29178022

副總編輯	陳逸華
總經理	陳芝宇
社長	羅國俊
發行人	林載爵

行政院新聞局出版事業登記證局版臺業字第0130號

本書如有缺頁，破損，倒裝請寄回台北聯經書房更換。
電子信箱：linking@udngroup.com

ISBN 978-957-08-7346-7 (平裝)
ISBN 978-957-08-7345-0 (精裝)

國家圖書館出版品預行編目資料

紅樓一家言　新校版/高陽著．三版．新北市．聯經．2024年5月．
216面．14.8×21公分（高陽作品集．史筆文心系列）
ISBN　978-957-08-7346-7（平裝）
ISBN　978-957-08-7345-0（精裝）

1.CST：紅學　2.CST：研究考訂

857.49　　113004894